Angelica Jacob

Verlangen

Aus dem Englischen
von
Angela Sellner

Deuticke

Die englische Originalausgabe erschien 1997 unter dem
Titel *Fermentation* bei Bloomsbury Publishing Plc, London.

2. Auflage

Umschlaggestaltung: Costanza Puglisi und Klaus Meyer, München
Umschlagfoto: G+J Fotoservice/Photonica
Druck: Wiener Verlag, Himberg bei Wien

Printed in Austria

ISBN 3-216-30287-3

Angelica Jacob ♋ Verlangen

Und da sah ich auf der Erde Menschen, die Milch in ihren Gefäßen trugen und daraus Käse bereiteten. Sie war teils dick und ergab kräftigen Käse, teils dünn und gerann zu magerem Käse, teils verdorben und es entstand bitterer Käse daraus. Ebenso sah ich eine Frau, die in ihrem Schoß gleichsam einen voll ausgebildeten Menschen trug. … Da sind Männer und Frauen auf Erden, die menschlichen Samen in ihrem Körper tragen, aus dem das Menschengeschlecht, aus vielen Völkern bestehend, hervorgeht. Ein Teil davon ist dick und ergibt fetten Käse, weil dieser Same in seiner Kraft brauchbar, gut ausgereift und richtig gemischt, tüchtige Menschen erzeugt. … Und ein anderer Teil ist dünn; aus ihm gerinnt magerer Käse. Dieser Same, in seiner Kraftlosigkeit unbrauchbar, halbreif und schlecht gemischt, zeugt schwächliche Menschen.

(Hildegard von Bingen, »Scivias – Wisse die Wege«)

Im Mutterleib wurde ich zu Fleisch gebildet …
im Blut geronnen aus Mannessamen,
wozu die Lust des Beischlafs sich gesellte.

(Buch der Weisheit, VII, 1–2)

PRÉLUDE

Zwei Dinge waren es, die jenen langen Sommer auszeichneten. Das eine war die Hitze. Sie war in den ersten Apriltagen unmerklich über uns gekommen, ausgehend von den trockenen, leisen Winden aus Ostafrika, die übers Meer hereinwehten und dann still und heimlich landeinwärts zogen, bis sie die Stadt erreichten und sich darüberlegten wie ein straffgespanntes Tuch. Zur kühlsten Nachtzeit fiel das Thermometer nie unter zwanzig Grad. Der Mond und die Sterne brannten, das Gras in den Gärten der Stadt wurde braun, und die Blumen waren fast verdorrt. Rote Raupen waren zu Tausenden ausgeschlüpft, eine Plage. Manche Leute meinten, die Eier seien vom Wind eingeschleppt worden und würden Krankheiten übertragen. Die städtische Ungeziefervernichtung versuchte den Ausbruch durch Sprühaktionen in Grenzen zu halten, doch die Viecher gingen nicht ein. Statt dessen verschrumpelten alle Blumen, und die Sträucher wurden dünn und welk. Der Wasserstand des Flusses fiel. Erde verwandelte sich in Staub, Balkenwerk wurde rissig, Türen und Fenster verzogen sich, und der Himmel blieb ein heißes, perlenhartes Blau.

Es gab keine Hitzepause, kein Nachlassen, keine Erleichterung und damit auch keine Verlängerung.

Das zweite, was diesen Sommer auszeichnete, war der Streik. Die Männer von der Müllabfuhr lagen im Krieg mit der Stadtverwaltung. In den Zeitungen stand, die Streikenden würden nicht mehr als zwei Wochen durchhalten können, aber nach zwei Monaten gab es noch keinerlei Anzeichen dafür, daß ein Ende in Sicht war. Der Müll türmte sich; vor den Restaurants häuften sich verrottende Lebensmittel bis in den Rinnstein; Fischköpfe, schimmliges Gemüse, Fettbrocken, Babywindeln, grünes Fleisch und saure Milch verdreckten die Straßen und faulten in der Hitze.

Die meisten Stadtbewohner hatten ihre Türen und Fensterläden verschlossen und waren ins Hügelland und in die Berge verreist, wo der Schnee niemals schmolz, oder ans Meer, wo es noch eine frische Brise gab. Die, die geblieben waren, hatte Ratten gesehen; Tausende davon krabbelten über die Bürgersteige und nisteten sich im Abfall ein.

Nachts lag ich ohne Decken und bei weit offenem Fenster im Bett und betete um einen Luftzug auf meiner Haut. Doch die Luft rührte sich nicht. Sie war schwer vom süßlichen Geruch faulender Lebensmittel, und zeitweise dachte ich, sie würde mich im Schlaf ersticken. Sie schlang sich mir um den Hals wie ein Strick und ließ mich die Nacht hindurch nach Atem würgen. Damals begann ich alles aufzuschreiben. In diesen langen unruhigen Nächten wachte ich schweißgebadet auf und schrieb meine Träume in das Notizbuch, das ich auf meinem Nachttisch liegen hatte. Sie waren sehr lebhaft, wie Kurzfilme, die eine Geschichte erzählen. Ich konnte mich nach dem Aufwachen genau an sie erinnern, und anfangs war es diese Intensität, die mich bewog, sie in meinem Notizbuch festzuhalten; aber was mich in der Folge weiterschreiben ließ, war nicht ihre Klarheit; es war zuallererst der Grund, weshalb ich sie hatte. Es gab eine eindeutige Ursache, ein Muster, wenn man so will; ich brauchte eine Weile, bis ich es herausfand, doch einmal entdeckt, war es eigentlich recht simpel.

Sagen wir mal, für den Anfang, daß es unterschiedliche Frauen nach unterschiedlichen Dingen verlangt. Einmal las ich von einer Frau, die Kohle aß. Sie schlich nachts, wenn ihr Mann und die Kinder schliefen, in den Keller, um an den kalten, dunklen Steinbrocken zu lecken. Dann gab es da die Frau, die gern Desinfektionsmittel roch und riesengroße Plastikkanister mit Bleiche kaufte, damit sie die unsichtbare Flüssigkeit aus Wattebäuschchen schnüffeln konnte, die sie in ihrer Handtasche versteckt bei sich trug. Anne

Boleyn aß Lerchenzungen. Fabienne, das Mädchen aus dem Apartment gegenüber, hatte einen großen Tank mit Katfischen. Sie schnitt ihnen den Kopf ab und aß das Fleisch roh. Meine Mutter erzählte mir von einer Afrikanerin, die Termitenhügel aß, vorzugsweise wenn es geregnet hatte und die Erde feucht war. Maria Stuart soll es nach den Geschlechtsteilen von Schwänen verlangt haben, und eine meiner Tanten väterlicherseits bestand darauf, eingelegte Zwiebeln in Rohrzuckersirup zu tränken. Es wird auch berichtet, daß eine gewisse tibetische Prinzessin Ratten bevorzugte, und dann war da noch Eva und ihr überwältigendes Verlangen nach jener heute so verrufenen Frucht.

Wie auch immer; die Liste war endlos und die Geschichten einzigartig. Ich hatte gehofft, daß mein Verlangen, sollte ich je schwanger werden, Austern sein würden. Ich sah mich in die exklusivsten Restaurants der Stadt gehen und mit den Fingern schnippen, damit die Kellner mir die Speisekarte brachten. Ich saß an einem langen Tisch mit einem gestärkten weißen Tischtuch und bestellte bei ihnen plattenweise Austern auf Bergen von Eis. Ich spreizte die Muscheln, eine nach der anderen, mit meinem Messer auf und führte sie zum Mund. Ich spürte das weiche Fleisch an meiner Zunge und kostete von ihrem Fischgeschmack, ehe ich sie auf einen Sitz hinunterschluckte. Das tat ich Tag und Nacht, wann immer mich die Lust packte, und wenn die Restaurants nicht offen hatten, bat ich einfach Serge, aufzustehen und die Muscheln für mich aufzutreiben, selbst wenn das eine Fahrt quer durch die Stadt oder an die vierhundert Kilometer weit bis zum Hafen bedeutete, um auf die Rückkehr der Boote zu warten.

Aber es sollte nicht sein. Mein Körper suchte sich mein Verlangen selber aus, und Austern standen nicht auf der Karte.

BRIE

*Brie sollte sich leicht prall
und geschmeidig anfühlen. Das
Aroma sollte mild fruchtig und der
Teig idealerweise von üppiger,
elastischer Konsistenz sein. Essen
Sie ihn bei Zimmertemperatur
und meiden Sie Käse, die übermäßig
hart sind, nach Ammoniak
riechen oder zerfließen.*

Iß doch nicht so was«, hatte Serge gesagt und versucht, mir den Teller aus der Hand zu nehmen. »Nicht direkt vorm Zubettgehen. Davon kriegst du bloß Alpträume.« Ich war mit einem schimmernden roten Apfel und einem Riesenstück Brie, der in seiner florigen Rinde dalag wie ein dickes cremeweiches Pergament, aus der Küche gekommen.

»Das ist das einzige, wonach mir ist«, sagte ich. »Vielleicht ist das ja mein Verlangen.«

»Das sind Altweibermärchen, und das weißt du. Das passiert alles nur im Kopf, und außerdem bist du schon seit Wochen schwanger, ohne seltsame Gelüste.«

»In meinem Buch steht, so was kann in der Schwangerschaft jederzeit auftreten. Außerdem will ich ihn essen.«

»Okay«, sagte er lächelnd. »Käse. Ist ja nicht so schlimm. Denkst du, es ist speziell Brie? Ich könnte ja 'nen Vorrat anlegen und ein paar von diesen riesigen Torten kaufen.«

»Ich weiß nicht. Brie ist das einzige, was wir im Kühlschrank haben.«

Ich ging und holte ein Messer und setzte mich mit meinem Teller an den Tisch. Der Käse gab ein wenig nach, als ich ein kleines Stück mit meinem Messer aufspießte. Es war noch nicht in dem Stadium, in dem er auf dem Teller zerrann. So mochte ich ihn am liebsten, aber Serge bestand immer darauf, Käse im Kühlschrank aufzubewahren, damit nicht die ganze Küche danach roch. Ich steckte den Bissen in den Mund und spürte sofort, wie weich er war und wie köstlich er schmeckte. Während ich aß, erzählte Serge mir eine Geschichte.

»Auf einer Reise nach Amerika wurde Salvador Dalí gefragt, was er von New York hielt. ›New York‹, sagte er, ›ist ein gotischer Roquefort.‹ Später auf seiner Reise durch das Land fragte ihn jemand anderer, was er von San Francisco hielt. ›San Francisco‹, meinte er, ›ist ein romantischer Camembert.‹«

»Stell dir mal vor«, sagte Serge und blickte auf. »Wir könnten eine ganz neue Sprache aufbauen. Wie würdest du diese Stadt beschreiben?« fragte er. Ich zuckte die Achseln.

»Ein idyllischer Brie?«

»Ein dionysischer Gloucester?«

»Infernalischer Roquefort.«

»Dublin ist wie ein jungfräulicher Cooleeney.«

»Kopenhagen ist ein melancholischer Comté.«

»Prag ist ein hedonistischer Gorgonzola.«

»Sybaritischer Port Salut.«

»Ein emmentalisches Loch.«

»Ich liebe dich mit stiltonischer Leidenschaft«, sagte ich und schaute ihm in die Augen.

Später schlüpften wir unter die weißen Laken, die ich ins Tiefkühlfach gelegt hatte und die entfernt nach dem angegammelten Brie rochen. Wir lagen schweigend nebeneinander im Dunkeln und horchten auf eine dünne Katze, die unten auf der Straße fauchte. Ich konnte unsere Körper riechen, die gegen die Hitze anzuatmen versuchten. Die winzigen Schweißperlen, die sich leise auf unserer Haut bildeten und die Laken anfeuchteten. Es war zu heiß, um miteinander zu schlafen; sogar nur so dazuliegen, Haut an Haut, machte mich unruhig. Ich rutschte von Serge weg und schloß die Augen. Irgendwann schlief ich ein.

Ich kniete mich neben das große braune Tier und knetete, meine heiße Wange an seine pralle Flanke gepreßt, mit den Fingern lange Strahlen Milch aus ihm heraus, die mit dem satten Klang von Bleikugeln in den Metalleimer darunter trafen. In dem Melkschuppen war es heiß und finster, und der starke, süße Geruch der schweren Tiere, ihr milchiger Atem und das Heu machten mich schläfrig. Ich lehnte mich mit meinem ganzen Gewicht gegen den festen Leib des Tieres und schloß die Augen. Seine Haut war weich und warm. Draußen hörte ich den Lärm von lachenden und spielenden Mädchen, und ich wollte zu ihnen in den sonnigen Garten, der, das wußte ich, gleich hinter dem Schuppen lag. Die Wiesen waren wie im Paradies - alle Knospen gingen auf, das Gras war grün und die windstille Luft war voller schwebender Samen und leuchtender Insekten. Ich wußte, all das war da draußen vor der Tür, und doch blieb ich im Dunkel des Schuppens. Ich zog mit meinen starken braunen Fingern methodisch am bebenden Euter des Tieres und sah zu, wie sich der Eimer langsam mit der warmen schaumigen Flüssigkeit zu füllen begann. Dann und wann tauchte ich den Finger hinein und leckte die süße warme Milch wie ein Kind.

Als der Eimer voll war, stand ich auf und wischte mir den Schweiß aus dem Gesicht. Mein ganzer Körper war heiß, und ich spürte, wie der Schweiß in kleinen Bächen an den Innenseiten meiner Schenkel hinunterlief. Die Tiere um mich herum waren unruhig vor Erwartung, und ich sah, wie Milch aus ihren angeschwollenen Eutern trat und auf den Boden tropfte. Ich hob den Eimer an und machte mich schwankend auf den Weg quer durch die Scheune, doch im Gehen stolperte ich über einen Stein, und der Eimer rutschte mir mit einem Ruck aus der Hand und krachte zu Boden. Sofort schwappte die Milch heraus und bildete eine große weiße Pfütze auf dem dreckigen Steinboden.

»Du bist sehr ungeschickt«, sagte ein Stimme aus einer Ecke des Stalls.

Ich blickte mich um und sah einen Schatten in der gegenüberliegenden Ecke.

»Findest du nicht, du solltest das saubermachen? Geh auf alle viere und leck es auf.« Ich zögerte, und die Stimme wiederholte: »Ich sagte, runter und auflecken.«

Langsam stellte ich den Eimer ab und kauerte mich auf den Boden. Die Steine waren kühl und rochen schwach nach Ammoniak.

»Lecken«, befahl die Stimme wieder, und ich streckte die Zunge heraus und begann, den Milchsee aufzulecken; dabei merkte ich die ganze Zeit, wie der Mann hinter mir im Schatten stand und mich beobachtete. Dann hörte ich ihn durch den Schuppen kommen und spürte, wie er mich mit dem Stiefel von hinten schubste.

»Du machst viel zu langsam«, sagte er. »Bei dem Tempo wird das ja nie sauber. Zieh den Rock und das Unterzeug aus und wisch es auf.«

Ich stand langsam auf und begann meine Kleider abzustreifen, bis ich unten herum nackt war. Als es soweit war, spürte ich auf meinen Schultern seine Hände, die mich niederdrückten, so daß ich mich in die weiße Pfütze kauern mußte. Ich begann die Milch mit meinen Röcken aufzuwischen.

»Nicht mit den Kleidern«, sagte der Mann und riß mir die Sachen aus der Hand.

Ich duckte mich noch tiefer und spürte sofort die kühle Milch an meinem Geschlecht. Ich rutschte über den Boden.

»So ist's besser. Viel besser«, sagte er. »Jetzt geh auf alle viere wie ein Tier.« Ich konnte hören, wie der Mann hinter mir in die Hocke ging. »Laß mich sehen, wie du davon trinkst«, sagte er und schubste mich auf das Tier in seiner Box zu.

Ich legte meine Zunge an das warme Euter und begann, an dem Tier zu saugen; dabei benutzte ich meine Lippen wie Finger, ich spannte sie an und entspannte sie, um die Milch herauszudrücken, und währenddessen spürte ich die ganze Zeit, wie die Hände des Mannes mir zwischen die milchfeuchten Schenkel faßten, streichelten und liebkosten. Milch troff mir vom Geschlecht und quoll mir aus dem Mund.

»Du hast dich schrecklich vollgesaut«, flüsterte er sanft, während er näherrückte und mir die Milch von der Haut zu lecken begann; ich fühlte seine starke Zunge, kratzig wie die einer Riesenkatze, streichen und in mich hineinschnellen. Mein Körper erschauerte unter kurzen regelmäßigen Zuckungen, und ich fühlte, daß ich mich öffnete wie eine dralle rosa Knospe. Ich wollte ihn jetzt, und es war, als würde er mein Verlangen erahnen, denn genau in diesem Augenblick bestieg er mich und schob sich mit dem ganzen Gewicht seines Körpers tief hinein.

Im Dunkel konnte ich hören, daß die Tiere unruhig wurden, stampften, warteten. Das Tier, von dem ich trank, regte sich unbehaglich. Mein Mund füllte sich wieder mit seiner warmen süßen Milch, und während ich trank, bebte mein Körper unter den Stößen des Mannes und dem Muhen der Tiere und füllte sich langsam bis obenhin mit dikker üppiger Milchigkeit.

Als ich aufwachte, legte ich die Hand zwischen meine Schenkel und spürte, wie naß ich war. Ich schob die Finger hinein, zog sie dann sachte wieder heraus und begann winzige Kreise auf meiner weichen feuchten Haut zu ziehen. Ich hatte das seit vielen Jahren nicht mehr getan, aber ich brauchte nicht lange, bis ich kam.

Als Kind hatte ich diese Kunst gelernt, als ich immer auf dem Zaun am Ende unseres Gartens saß. Ich setzte mich rittlings drauf, um den Pferden auf der Wiese zuzusehen. Mir gefiel die Art, wie sie sich bewegten, und manchmal gab meine Mutter mir Würfelzucker für sie mit, und dann kamen sie her und drückten ihre großen samtigen Nüstern in meine Handfläche. Und dann eines Tages, als ich eben auf meine Freundin Alicia wartete, fand ich heraus, daß ich, wenn ich ein wenig auf dem Zaun herumrutschte, zwischen meinen Beinen ein sehr angenehmes Gefühl erzeugen konnte. An seinem Höhepunkt war eine so herrlich lustvolle Erleichterung, daß ich wußte, ich würde es wieder und wieder tun müssen, und ich begann zu experimentieren. Ich kam drauf, daß – wenn ich es um die Zeit tat, wenn meine Mutter in der Küche am Kochen war – der Gedanke, sie könnte jeden Moment zum Fenster hinaussehen und mich dabei ertappen, das beste Mittel war, das Gefühl hervorzurufen, nach dem ich mich sehnte. Als ich dann älter wurde, wurden meine Reizmittel andere. Ich begriff, daß ich den magischen Zaun nicht brauchte, sondern jeden Gegenstand verwenden konnte, den ich wollte. An diese Stelle des rauhen Holzes traten rasch persönliche Dinge meiner Mutter – der Griff eines Handspiegels von ihrem Frisiertisch war eines, das ich oft benutzte, aber mein besonderes Lieblingsstück war der ovale Deckel der silbernen Urne, in dem meine Mutter die Asche meines Vaters aufbewahrte.

Ich stand auf, ging ins Bad und spritzte mir das Gesicht mit kaltem Wasser ab, aber der Genuß des Gefühls von Kühle hielt nur einen Augenblick an. In dem Moment, als ich den Hahn zudrehte und mir das Gesicht abtrocknete, fühlte meine Haut sich sofort wieder heiß und klebrig an.

Ich fühlte mich auch immer noch müde, als hätte ich überhaupt keinen Schlaf bekommen, und ich setzte mich auf die blaßgrünen Fliesen und lehnte den Kopf gegen die Wand. Durch das kleine Badezimmerfenster konnte ich den Horizont sehen, der aussah wie der Rand eines entfernten Planeten. Er erinnerte mich an den Umschlag eines Buches, das Serge gerade las. Es hieß *Der Plexiglas-Planet*, und das Bild auf der Vorderseite zeigte ein nacktes Mädchen, das einen Feuerball in der Handfläche hielt. Hinter ihr war eine Flammensilhouette wie der Lichtschein eines Engels zu sehen. Ich starrte aus dem Fenster über die Stadt. Es hatte Gerede gegeben, daß die Waldbrände bereits die Vororte erreichten und daß die Munitionsfabrik und die Chemiewerke am Stadtrand abgebrannt waren. In den Nachrichten wurden diese Gerüchte nicht bestätigt, doch nachts wurden wir durch Feuerwehrautos geweckt, die mit heulenden Sirenen durch die Straßen rasten, und wir alle hatten Brandgeruch in der Nase. Ich wußte Bescheid über Feuer, und ich kannte den Geruch.

Ich hörte, wie irgendwo auf dem Flur ein Schlüssel umgedreht wurde, und danach das Geräusch von Schritten, die durchs Treppenhaus gingen und dann verklangen. Es war wohl einer der vielen Bewohner des Hauses auf dem Weg zur Arbeit. Ich ging wieder ins Schlafzimmer, wo Serge lag, und kuschelte mich an ihn.

»Heute nacht hatte ich einen sehr seltsamen Traum«, flüsterte ich ihm ins Ohr, und Serge lächelte verschlafen, wie er es morgens immer als erstes tat. Er sah immer so aus, als würde er im Traum zu Fuß ganze Kontinente durchqueren.

»Ich hab dir gesagt, du sollst vor dem Schlafengehen keinen Käse essen«, sagte er.

»Es war kein böser Traum, nur seltsam.«

Serge war ein gutaussehender Mann. Er war dunkel und vollkommen; das präzise Abbild des Mannes, mit dem ich zusammensein wollte. Bevor ich ihn kennenlernte, hatte ich ein lange Beziehung gehabt, die unglücklich geendet hatte. Ich war müde und verschlossen, aber Serge hatte das alles geändert. Nach dem ich mit R... Schluß gemacht hatte, wollte ich den Winter in dem kleinen Kurort Cauterets hoch oben in den Bergen verbringen. Ich war hingefahren, um eine Kur zu machen und zu entspannen. Die Becken waren tief und dunkel und salzig, und darin zu liegen half mir zu vergessen. Ich ließ mich ins Wasser gleiten und schob mich unter die Oberfläche, ich tauchte in der salzigen Lösung völlig unter, und wenn ich wieder nach oben kam, ließ ich mich mit geschlossenen Augen treiben. Alles, was ich hören konnte, war das Geräusch meines eigenen Atems, ein rauhes Dröhnen in meinen Ohren, und ich fühlte mich wie ein Stück Treibholz auf offener See; es war ein Gefühl von großer Weite und Tiefe.

Ich las einmal von einem Fluß in der Unterwelt, der Lethe heißt und alle, die von seinen Wassern trinken, vergessen läßt. Dies waren also die Wasser des Lethestroms, und in seinem Wellenschoß fühlte ich mich sicher und friedvoll.

Manchmal setzte ich mich an den Beckenrand und sah den anderen Badenden zu, die vor mir im Wasser trieben. Die meisten von ihnen waren ältere Männer und Frauen; ihre Haut war grau und verrunzelt, als hätten sie Hunderte von Jahren im Wasser gelegen. Ich fragte mich, ob auch sie hergekommen waren, um ihre Erinnerungen fortzuspülen. Ich ging an ihnen vorbei, und sie nickten und lächelten mir verschwörerisch zu.

Ich nahm jeden Tag meine Bäder, verließ das kleine Hotel bei Tagesanbruch und ging die kurze Strecke zum Kurgebäude zu Fuß, durch die stillen Straßen, am Hauptplatz vorbei. Abends auf dem Heimweg ging ich in ein Café zum Essen, bevor ich in mein Zimmer zurückkehrte und mich hinlegte, um zu lesen und zu schlafen. Ich hielt mich an diesen Tagesablauf. Ich wollte nicht wahrgenommen werden, sondern genoß die Unsichtbarkeit dieses Lebens.

Am ersten Abend, als ich in Cauterets eintraf, war ich sehr spät im Hotel angekommen, und ein junges Mädchen war an den Empfang gekommen und hatte mir den Schlüssel gegeben. Ich war so leise, wie ich konnte, die Treppe hinauf und über den langen Flur geschlichen, um die anderen Gäste nicht zu stören, aber die blanken Dielen knarrten unter meinen Schritten, und als ich mein Zimmer erreichte, ging die Tür von gegenüber auf und ein dünner alter Mann im blaugestreiften Pyjama erschien.

»Haben Sie je überlegt, warum die Dielen knarren?« zischte er. Ich blieb stehen und schüttelte den Kopf.

»Wegen all der Toten darunter. Was da knarrt, sind nicht die Dielen. Es sind die Opfer. Sie wecken die Toten auf.«

»Tut mir leid«, sagte ich, aber noch ehe ich meine Entschuldigung zu Ende bringen konnte, hatte er schnell die Tür hinter sich zugeschlagen.

Ich war schon drei Wochen in Cauterets, als ich Serge traf. Eines Abends, als ich mich dem Hauptplatz näherte, hörte ich Lachen und das Geräusch von Applaus. Eine Schar von Leuten hatte sich um eine Artistentruppe versammelt. Aus der Ferne sah die Anordnung wie ein magischer Kreis aus. Die Zuschauer im Schatten, während aus der Mitte ein wundersames Licht leuchtete. Ich ging näher. Da waren ein Messerwerfer, ein junges Mädchen, das Schlangen aus Plastik tanzen ließ, ein Mann mit Flügeln aus Federn, der auf Stelzen ging, eine einarmige Frau, die zehn Silberkugeln mit den Füßen jonglierte, und ein Feuerschlucker. Ich war dagestanden und hatte eine Weile zugesehen, wie ein Artist nach dem anderen drankam, und dann trat der Feuerschlukker in den Kreis, und ich war sofort gebannt. Ich sah zu, wie die Hände des Mannes die Flammen in die Luft warfen und wie die Leute die Köpfe reckten, um zu sehen, wie er das Feuer in riesigen Schleifen über seinem Kopf tanzen ließ.

Ich erinnere mich, daß ich nachher hinüber ins Café ging und mich an einen Fenstertisch setzte. Obwohl es draußen kalt war, bestellte ich mir einen Drink mit viel Eis. Der Anblick des flammenverschlingenden Feuerschluckers hatte mich durstig gemacht. Ich schaute eine Zeitlang aus dem Fenster und dann, erinnere ich mich, drehte ich mich um und blickte quer durch das Café. Der Feuerschlucker saß an einem Tisch am anderen Ende des Raumes und beobachtete mich.

Es war Serge, der sich zu mir setzte, obwohl er immer darauf beharrt, ich hätte ihn zuerst angelächelt. Er kam an meinen Tisch und fragte, ob er sich setzen dürfe.

»Ich hab Sie zuschauen sehen«, sagte er.

»Es haben eine Menge Leute zugeschaut.«

»Ich weiß, aber Sie sind nicht von hier, oder?« Ich schüttelte den Kopf. »Nein. Ich bin nicht aus dieser Gegend. Ich weiß nicht, wie lange ich bleibe.« Serge zündete sich eine Zigarette an.

»Warum Feuer?« fragte ich. »Warum Feuer schlucken?«

»Weil Feuer rein ist. Nicht wie die anderen Elemente. Wasser und Luft. Die sind verschmutzt. Feuer nicht. Feuer atmen ist ... geben Sie mir Ihre Hand.« Er nahm meine Hand in die seine, drehte die Handfläche nach oben und strich mit den Fingern über meine Haut. Dann nahm er mein Glas, fischte ein Stückchen Eis heraus und begann damit ganz langsam über meine Haut zu streichen. Zuerst rieb er es sachte und dann preßte er es in die Mitte meiner Handfläche, bis mir die Haut wehtat, und sah mir währenddessen die ganze Zeit starr in die Augen. Als das Eis geschmolzen war, hielt er seine Zigarette nahe an die Haut.

»Spüren Sie's? Die Hitze?«

»Natürlich«, sagte ich, und meine Hand zuckte ein wenig zurück.

Er kam noch näher mit der Zigarette. Finger aus grauem Rauch schlangen sich um mein Handgelenk. Ich sah die rotglühende Spitze der brennenden Zigarette, während der Rauch langsam hochstieg.

»Eis brennt auch«, sagte er.

»Das ist was anderes. Feuer ist beißender.«

»Nicht wirklich. Lassen Sie mich Ihnen das Feuerschlukken beibringen. Dann würden Sie sich nicht mehr fürchten.«

»Meine Mutter hat mir immer gesagt, es ist gefährlich, mit dem Feuer zu spielen.«

»Nicht, wenn's einem richtig beigebracht wird.«

»Ich könnte mir die Finger verbrennen.«

»Was, wenn ich Sie jetzt verbrenne?« Sein Griff wurde plötzlich fester, und anstatt mich anzusehen, starrte er nach unten auf die Zigarette in seiner Hand.

»Nicht«, sagte ich, und er ließ mich augenblicklich los. Ich legte meine Hand unter denTisch.

»Aber es hat Sie fasziniert. Richtig?« sagte er. »Für eine Sekunde wollten Sie, daß es Sie verbrennt. Hab ich recht?«

»Niemand will das.«

»Kann sein.« Er warf seine Zigarette zu Boden und trat sie mit dem Schuh aus. »Alles dahin«, sagte er lächelnd und nahm in spielerischer Ergebung die Hände hoch.

Wir redeten bis in die Nacht hinein, und als das Café schloß, spazierten wir durch die kalten, leeren Straßen der Stadt. Serge wickelte mich in seinen Mantel, der über den Boden schleifte wie ein Ballkleid. Einmal blieben wir vor einem Schaufenster stehen, das voll von Statuen und Lampen und Plastikflaschen in Gestalt der Jungfrau Maria war, und Serge erzählte mir eine Geschichte von einem Jungen, den er gesehen hatte, wie er in eine solche Flasche pinkelte, während er auf einem Rummelplatz hinter irgendwelchen Wohnwagen stand. Serge hatte auf Jahrmärkten und in Zirkussen überall auf der Welt gearbeitet, und wenn er gerade nicht unterwegs war, trat er auf den Straßen der Stadt auf, in der er lebte.

Als das erste Licht sich verstohlen am Himmel zeigte, gab ich Serge seinen Mantel zurück, und er setzte mich am Eingang meines Hotels ab. Ich legte mich aufs Bett, und bis ich aufwachte, war der Zirkus schon weitergezogen.

Ich glaubte nicht, daß ich ihn wiedersehen würde, doch kurz danach kam eine Postkarte. Das Gemälde vorn auf der Karte hieß *Der Heilige Georg und der Drache,* nur daß noch jemand auf dem Bild war, eine Frau, und sie hatte den Drachen an der Leine. Hinten war nichts draufgeschrieben, aber drei Tage später packte ich mein Zeug zusammen und fuhr in die Stadt, in der der Brief abgestempelt worden war. Ich nahm den Bus, der einmal täglich aus Cauterets abging und in Serpentinen bergab nach Lourdes fuhr, und in Lourdes den Nachtzug in die Stadt. Der Zug war voller Wallfahrer auf der Heimreise von ihren Segnungen und Heilungen, und ich saß eingeklemmt zwischen zwei fetten Deutschen und ihrer bleichen Tochter, die mich mit wäßrigen Augen anstarrte. Die Wiesen draußen glitten vom Tageslicht hinüber in die Dämmerung; auf jeder stand buntscheckiges Vieh. Ich schloß die Augen, und als ich sie wieder aufschlug, war es Morgen und der Zug war angekommen.

Ich brauchte siebzehn Tage, bis ich Serge in der Stadt fand. Ich wanderte durch die Straßen, suchte jedes Viertel ab, in dem Artisten arbeiteten, besuchte jeden Jahrmarkt und Zirkus und fragte, ob irgendwer ihn kannte oder mir sagen konnte, wo er war. Die meisten Leute schüttelten bloß den Kopf oder wandten sich ab, und dann endlich, eines Nachmittags, fand ich ihn auf der Place St. Jean, am Rande eines Brunnens sitzend, wo das Wasser aus den Mäulern von drei Fischen sprudelte. Er war nicht überrascht, mich zu sehen. Er habe mich erwartet, sagte er, und ich glaubte ihm. Ich glaube, er wußte, ich würde kommen. Ich selbst war es, die zweifelte.

Nachdem ich Serge gefunden hatte, fand ich auch eine Wohnung im obersten Stockwerk eines alten grauen Gebäudes über einem Friseursalon. Ein Mädchen mit hochtoupiertem pinkfarbenem Haar und eines mit brombeerschwarzem Bürstenschnitt lächelten uns zu, als wir am Ladenfenster vorbei und dann durch eine Tür an der Seite des Gebäudes gingen. Der Makler meinte, Mieter würden bei ihnen Rabatt bekommen. Er führte mich eine Steintreppe hinauf in die vierte Etage bis zur Tür meiner Wohnung. Jedes Zimmer war geräumig und leer. Als ich zum ersten Mal eintrat, flog eine Taube von der Decke herab. Die früheren Bewohner hatten ein Fenster offen gelassen, und der Vogel flog direkt an mir vorbei. Als er landete, sah ich, daß ihm die Zehen fehlten. Am Ende eines dünnen Beins war nichts als ein verhornter Stumpf, und der Makler scheuchte den Vogel schnell zum Fenster hinaus. Wer immer auch früher hier gelebt hatte, er hatte alles aus der Wohnung geräumt, ausgenommen ein Bett und einen fleckigen Holztisch. Der Makler bat um Entschuldigung für den Zustand, aber irgendwie gefiel es mir, wie es war. Es gefiel mir, daß es leer war und daß Vögel durch die Fenster hereinflogen. Nachts konnte man die Züge und die Geräusche der Leute unten auf der Straße hören. Ohne Vorhänge wurde es in den Zimmern niemals dunkel.

Ich kaufte Bücherregale, einen kleinen Schreibtisch und eine blaue Samtcouch. Der übrige Raum blieb leer. Serge behielt seine eigene Wohnung, die am entgegengesetzten Ende der Stadt in einer modernen Siedlung lag, die wir »Neue Welt« nannten, da die Gebäude wahrlich leer wirkten. Abgesehen vom Himmel gab es da nicht ein Zeichen von Natur, nicht einen Baum, nicht eine Pflanze, nicht ein Unkraut. Serge sagte, daß ihm das gefiel, aber ich haßte es, dort zu sein, und allmählich übersiedelte er mit mehr und mehr seiner Sachen zu mir.

Etwa einen Monat, nachdem ich eingezogen war, kaufte Serge mir eine Torte, über und über voll mit Kerzen. Er klopfte an meine Tür, und als ich aufmachte, stand er da und hielt die Torte auf einem Teller hoch über seinem Kopf.

»Mach die Augen zu«, sagte er, als ich mich gesetzt und die Kerzen ausgeblasen hatte.

Ich hörte ihn durchs Zimmer gehen und nochmals die Tür aufmachen, und dann kam er wieder, und als er es mir sagte, machte ich die Augen wieder auf.

»Ich hab dir ein Geschenk gekauft.«

»Wo?«

»Du mußt suchen.« Ich stand auf und sah in den Schubladen meines Schreibtisches nach.

»Ganz kalt«, sagte er. Ich ging in Richtung Fenster.

»Antarktisch.«

»Ist es in diesem Zimmer?«

»Kann sein.«

Ich ging in die Küche.

»Viel wärmer«, sagte er, als er mir nachkam und neben den Tisch stand. Ich schaute durch den Raum auf den Kühlschrank und dann auf den Herd.

»Der Herd«, sagte ich schnell und öffnete die Backrohrklappe. Drin stand ein Glaskasten. Ich ging in die Hocke. »Es ist eine Eidechse.«

»Ein Chamäleon, um genau zu sein. Es ändert die Farbe je nach seiner Umgebung«, sagte er. »Schau, ich hab ein Stück blauen Karton gekauft.«

Wir nahmen den Kasten ins Wohnzimmer mit und stellten ihn auf den Boden. Serge stellte den Karton dahinter auf, und dann setzten wir uns auf die Couch und warteten.

»Wie, glaubst du, fühlt er sich, wenn der Hintergrund blau ist?«

»Traurig möglicherweise«, sagte Serge. »Blau ist traurig.«

»Nicht, wenn der Himmel blau ist.« Die dunklen Augen des Chamäleons gingen langsam auf und zu.

»Womit füttere ich es?«

»Es ist ein Er, und er frißt Insekten.«

»Nicht Feuer?«

»Er hat die Gabe dafür verloren. Hat er mir jedenfalls erzählt, als ich ihn im Laden sah. Wenn ich Zeit hab, könnte ich es ihm wieder beibringen.«

»Dann vielleicht Glühwürmchen?«

»Vielleicht.«

»Danke, daß du ihn mir gekauft hast.«

»Ich denke, wir sollten ihn nicht beobachten.« Serge stand auf. »Er kann nicht, wenn ihm wer zusieht. Hol deinen Mantel. Wir gehen aus.«

Wir gingen am Fluß spazieren und später setzten wir uns in ein Café. Serge bestellte einen Teller grüne Peperoni und eine Flasche Wasser, aus der er zwei Gläser einschenkte und sie dann zwischen uns in die Mitte des Tisches stellte.

»Feuertaufe«, sagte er.

»Taufen sind für Gläubige.«

»Dann, wie das Klischee sagt, glaub an mich. Wir taufen deine neue Wohnung.«

Er nahm einen Peperone mit den Fingern und steckte ihn

in den Mund. Seine Augen wurden groß, und als er schluckte, lächelte er.

»Du bist dran.«

»Ich bleib beim Wasser, danke«, sagte ich und streckte die Hand nach einem der Gläser aus, aber er schob sie zurück.

»Iß bloß einen«, sagte er und nahm wieder einen in die Finger. »Iß einen. Er kann dir nicht wehtun.«

»Ich mag nicht.«

»Du hast Angst. Iß einen. Mach schon. Iß.« Ich nahm einen Peperone vom Teller, und wir steckten sie gleichzeitig in den Mund. Ich spürte, wie mein Mund brannte und Tränen mir über die Wangen liefen. Serge steckte noch einen in den Mund. Auch er weinte; wir lachten und weinten und aßen, und jeder im Café sah uns zu. Ich nahm zwei, um aufzuholen.

Der Schmerz war unerträglich, aber wir aßen weiter und starrten einander und dann die Wassergläser an. Schließlich griff Serge nach dem einen. Ich lehnte mich zurück und sah ihm zu, wie er das Wasser hinunterkippte, es über sein Kinn rinnen ließ und sich dann das zweite Glas griff und auch das austrank. Als er fertig war, nahm ich die Flasche, goß etwasWasser nach, hob das Glas und nahm einen kleinen Schluck. Er starrte mich über den Tisch hinweg an.

»Warum tust du das?«

»Was?«

»Angeben.« Ich nahm noch einen Schluck und schüttete dann den Rest über ihn.

»Wassertaufe«, sagte ich und stand auf, um zu gehen.

Serge blieb einen Augenblick reglos sitzen und fing dann zu lachen an, das Wasser tropfte ihm vom Gesicht.

Ich ging um den Tisch und begann es mit einer Serviette wegzuwischen. »Alle schauen schon her «, sagte ich ihm ins Ohr.

Er stand auf und verbeugte sich vor dem Publikum.

Als wir nach Hause kamen, liebten wir uns auf dem Fußboden, wobei das Chamäleon in seinem Kasten hinter uns saß.

»Das zahl ich dir heim«, flüsterte Serge, während er meine Arme so niederdrückte, daß Holzsplitter sich in meine Haut gruben.

Ich drehte den Kopf weg. Das Chamäleon beobachtete uns mit seinen ruhigen, kalten Augen.

»Er hat die Farbe gewechselt«, sagte ich.

Als wir uns das erste Mal liebten, waren wir auf dem Heimweg durch den neunten Bezirk. Es war ein paar Tage, nachdem ich Serge gefunden hatte, und wir waren zu Besuch bei Freunden von ihm gewesen, die in der Nähe des Bahnhofs wohnten. Als wir ihre Wohnung verlassen hatten, gingen wir erst ein Stück, und dann bog Serge plötzlich in eine kleine Seitengasse und winkte mir, ich solle nachkommen. Dieser Korridor, denn mehr war es nicht, ein schmaler Durchgang von einer Straße zu einer anderen, roch nach Pisse und Altmännerexkrementen. In der Mitte blieb Serge stehen und öffnete eine Tür. Er führte mich in ein leeres Gebäude. Als ich nach oben sah, konnte ich durch angekohlte Balken Tausende Sterne sehen. Das Gebäude war innen völlig demoliert, nichts als eine trockene schwarze Schale.

Serge hatte alles vorbereitet; Paraffin und Fackeln lagen schon in der Mitte bereit.

»Stell dich da hin«, sagte er, als er mich zu einer offenen Fläche nahe der Rückseite des Hauses führte.

Er entzündete seine Fackeln und begann dann, um mich herumzugehen und mit den Flammen zu jonglieren. Ich konnte die Hitze spüren, wenn die Fackeln nur ein paar Zoll an meinen Gesicht vorbeiflogen. Ich hörte das Feuer, wenn Serge es über meinen Kopf oder an meinem Gesicht vorbei warf und es auffing und wieder warf und wieder fing, und meine Augen hingen gebannt an den Flammen und an seinen Händen, als er jede Fackel wieder und wieder auffing. Als er aufhörte, kam er her und stellte sich vor mir auf, stocksteif. Er legte den Kopf weit zurück und öffnete den Mund, um die Flammen zu verschlucken. Er steckte das Feuer in den Mund, und die Fackeln gingen eine nach der anderen aus; wir standen im Dunkeln.

Im allgemeinen kann ich mich nicht bei jedem meiner verflossenen Liebhaber an das erste Mal erinnern. Ich erinnere mich bei jedem von ihnen an spezielle Dinge: Luke, dessen Lippen nach Meersalz schmeckten, und Jan, dem es gefiel, wenn er mir mit einer Schnur die Hände fesselte. Xavier erregte meine Aufmerksamkeit, indem er unter mir durchtauchte, als ich im örtlichen Schwimmbad eben an ihm vorbeischwamm. Ich war monatelang in Jess verliebt, ehe er Notiz von mir nahm, und dann war da Ethan, der die Eisenbahngleise entlang mit mir spazieren ging und mich mit Himbeeren fütterte, und Klaus im Schnee, dessen hellblaue Augen ich immer noch auf mir ruhen fühle. Da war Mark, der Fernseher reparierte und gern in alte Frankenstein-Filme ging, und ich erinnere mich an Orangengeschmack, als ich Ben küßte. Aber die Augenblicke, in denen ich das erste Mal mit ihnen schlief, vermischen sich zu einer leicht peinlichen, unbefriedigenden Erinnerung, die ich vergessen oder mir je nach Laune neu ausgedacht habe. Die Wahrheit dieses Augenblicks ist verschwommen und entfernt wie bei Büchern, die ich gelesen habe und bei denen ich mich teilweise an die Handlung erinnere, meistens aber die Geschichten durcheinanderbringe oder Wirklichkeit und Phantasie verwechsle.

Bei Serge war es anders. Ich kam mir vor wie ein Tier, das ins Scheinwerferlicht eines Autos geraten ist. Er legte die Fackeln zu meinen Füßen nieder und zog mich mit Leichtigkeit an sich.

Erst fand ich, als er seinen Körper gegen meinen drückte, den Geruch und den Geschmack an ihm abstoßend. Er schmeckte nach verbrannter Haut und Paraffin wie ein Mann, der aus einem brennenden Haus entkommen oder aus der Hölle heraufgeflogen ist. Der Geruch steckte mir im Hals und drehte mir den Magen um. Ich wollte mich von ihm losmachen, aber sein Griff war zu stark. Er schob mich mit dem Rücken an die Wand und küßte erst sachte mein Gesicht, streichelte mir über die Augen und öffnete meine Lippen mit seiner Zunge, dann kniete er sich langsam zu meinen Füßen hin, strich mit den Händen seitlich meinen Körper entlang und sah mir zu, wie ich ihm zusah, als er meinen Rock hochschob und mich zwischen den Schenkeln küßte. Er streifte meine Unterwäsche ab und rieb sein Gesicht an meinem Geschlecht und züngelte langsam an meinen Lippen, öffnete sie und drang tief in mich ein. Ich spürte, wie seine Hände meine Hinterbacken liebkosten und sein Finger sich in das kleine enge Loch schob. Ein Lustschauer lief durch meinen Körper. Serge spürte es auch. Ich stand auf Zehenspitzen, und sein Finger schob sich tiefer in mich hinein; ich ging ein wenig in die Knie, und seine Zunge wühlte sich in mein Geschlecht. Ich konnte nicht aus, doch als ich knapp davor war zu kommen, stand er auf und sah mir ins Gesicht, sein Blick legte sich auf meinen wie das Netz um den Fisch, und er drehte sich um und spreizte meine Beine so weit, wie es ging. Ich spürte, wie er mein Geschlecht streichelte, mich mit den Fingern reizte, zusah, wie mein Körper auf seine Berührung reagierte, und dann spürte ich, wie seine Härte in mich eindrang, während mein Gesicht an der kalten schwarzen Wand scheuerte, und die ganze Zeit wisperte er mir meinen Namen ins Ohr und ich konnte den Geruch von Feuer riechen.

Nachher gingen wir schweigend nach Hause, und Serge legte mich aufs Bett und salbte mich mit in warmem Wasser und in Ölen getränkten Wattebäuschen. Er wusch mich sachte und küßte meine Arme und Beine, wo ich sie mir an den ausgebrannten Mauern wundgeschürft hatte, und schließlich fiel ich in einen tiefen Schlaf. Ich kann mich nicht erinnern, jemals so lang oder so fest geschlafen zu haben. Serge sagte, dies sei der Schlaf der bekehrten Seele, dann lachte er und revidierte seine Feststellung: »Oder vielleicht der verlorenen.«

BEAUMONT

Ein milder, süßer, cremiger Käse mit weicher, rosiger Rinde und feinem Aroma. Essen Sie ihn nicht, wenn er aufgequollen oder bitter ist.

Mir ist schlecht«, sagte ich.

»Mußt du brechen?«

»Ja. Mir kommt's gleich hoch.«

Serge ging gerade noch rechtzeitig aus dem Weg. Ich setzte mich auf den Bürgersteig und kotzte in den Rinnstein.

Bis zu dem Moment, in dem der dünne Papierstreifen sich von Blau zu Rosa verfärbte, waren wir einfach zwei verliebte Leute gewesen, und dann fing ich an zu erbrechen. Ich saß im Bad auf dem Wannenrand und starrte den Test ungläubig an. Serge klopfte an die Tür, um nachzusehen, ob mit mir alles in Ordnung war, und ich schob ihm den Streifen unter der Tür durch.

»Was ist das?«

»Das ist ein Testergebnis.«

»Ich versteh nicht« sagte er, und ich schloß die Tür auf und hielt die Packung hoch, damit er sie sehen konnte.

»Du bist schwanger?«

»Ja.«

Er starrte auf den Papierstreifen und drehte ihn dann um, als suchte er darauf nach einer mit unsichtbarer Tinte geschriebenen Nachricht.

»Das ist wohl kaum eine Botschaft von Gott. Bist du sicher. Für mich sieht das blau aus. Das ist blau.«

»Es ist rosa. Ich hab gesehen, wie es sich verfärbt hat. Das ist nicht die Farbe, die es am Anfang hatte. Es ist rosa. Deshalb ich mir andauernd schlecht.«

Serge machte einen Schritt auf mich zu; dabei ließ er den Streifen fallen und kniete nieder, um ihn aufzuheben. Als er wieder aufstand, nahm er mich an der Hand und führte mich ins Schlafzimmer. An diesem Morgen liebte er mich sanfter als je zuvor, und als wir fertig waren, hob ich das Laken über meinem Kopf hoch.

»Du siehst aus wie eine Elfenbeinmotte«, sagte er, während ich das Laken wieder über uns zog.

Serge wollte immer noch, daß ich Feuerschlucken lernte. Ich ließ ihn seine ganze Ausrüstung in meiner Wohnung aufbewahren, in einem kleinen Schrank unter der Küchenspüle. Flaschen mit Paraffin und Fackeln und alte Baumwolltücher, die er in Streifen riß und um die Fackeln wickelte.

»Ich möchte es dir immer noch beibringen«, sagte er mindestens einmal die Woche, normalerweise, wenn er das Zeug in seine Tasche packte und sich zum Gehen fertig machte. »Sag mir, wenn du soweit bist. Du wirst es lieben«, sagte er und nahm mein Gesicht in seine Hände und strich mir mit den Fingern über die Haut. »Laß mich es dir beibringen. Es ist ganz ungefährlich.«

»Wieso? Ich erwarte ja auch nicht, daß du lernst, Geschichten zu schreiben.«

»Das ist was anderes. Feuerschlucken ist kein Job.«

»Es macht mir angst«, sagte ich. Und dann hielt ich die Hände hoch und tat, als hätte ich mir die Finger verbrannt, steckte sie in den Mund, wie um den Schmerz zu lindern.

»Stell dir mal vor«, sagte er. »Eine feuerschluckende Schwangere. So was hat's noch nicht oft gegeben. Genaugenommen wärst du vermutlich die erste.«

»Ich fühle mich krank. Ich mag kein Feuer schlucken.«

Er zuckte die Achseln, und ich konnte sehen, daß er kaum zuhörte. Er sah die Schwangere und die Kunststücke, die sie vollführen könnte.

»Du wärst außergewöhnlich«, sagte er.

»Ich würde verhaftet werden. Wegen Kindesverbrennung.«

»Wir könnten sie Jeanne d'Arc nennen.«

»Sie würde aussehen wie ein Spanferkel, und kein Mann würde sie wollen«, erwiderte ich, doch Serge schüttelte den Kopf.

»Nein«, sagte er. »Sie würde flammend rotes Haar haben, und ihre Augen würden jeden betören, der sie anzusehen wagt. Sie würde Feuerkreise um alle Männer tanzen, die sie begehren.«

»Klingt, als wärst du einer davon. Wer ist sie?« Serge sah mich an und wandte sich dann zum Gehen.

»Ich hab nur Spaß gemacht«, sagte ich rasch. »Ich bin so froh, daß du dieses Kind willst.«

»Klar bist du das.«

»Willst du dieses Kind?«

Er stand am anderen Ende des Zimmers und sah mich eine Zeitlang an, ohne etwas zu sagen. Ich konnte nur selten, wenn überhaupt je, sagen, was Serge gerade dachte. Seine Augen waren dunkel und schauten geradewegs durch mich hindurch. Manchmal hatte ich das Gefühl, daß er mich völlig zum Verschwinden brachte.

»Wie kannst du so was fragen?«

»Hab ich eben.«

»Und ich hab's dir eben gesagt«, antwortete er leise.

An den meisten Tagen ging Serge arbeiten, und ich saß an meinem Schreibtisch und versuchte zu schreiben. Manchmal ging er schon frühmorgens, ehe ich aufwachte, und blieb so lange aus, daß ich schon wieder eingeschlafen war. So verpaßten wir uns ganze Tage lang. Es war schwer, auf dem laufenden zu bleiben, und doch schien es nichts auszumachen. Wenn ich nach zwei oder drei Tagen seiner Abwesenheit aufwachte, war er eben in der Küche beim Essen oder saß im Wohnzimmer und sah fern, und es war, als wäre er immer hiergewesen. Er schloß die Lücken seiner Abwesenheit perfekt. Er war immer bei mir.

Eines Abends kam er heim, nachdem er einige Tage weggewesen war. Ich war im Bett und schlief, das Fenster war offen und meine Decke war die Hitze. Ich merkte, wie Serge ins Bett stieg und mich umdrehte. Er küßte mein Gesicht und meinen Hals, und ich spürte, wie seine Hände mir den Bauch streichelten, und dann sah ich nur mehr die babyblauen Augen des Kindes. Es war, als würde es uns beobachten, als ob jemand dritter anwesend wäre, und ich stieß Serge zurück.

»Tut mir leid.«

»Was ist los?« sagte er und streckte die Hand aus, um mich zu berühren, doch ich schob sie weg, und Serge stand aus dem Bett auf und ging ins Wohnzimmer. Als er nicht wiederkam, ging ich ihn suchen, doch er war auf der Couch eingeschlafen. Er war zu groß, um ausgestreckt darauf zu liegen. Sein Körper war eingerollt wie der eines Kindes, und sein Kopf lag auf seiner Handfläche. Ich saß eine Weile in der Zimmerecke auf dem Fußboden und beobachtete ihn beim Schlafen. Im Schatten verloren sich die Linien in seinem Gesicht, und er sah irgendwie anders aus als der, den ich kannte. Ein Fremder im Dunkel eines Zimmers. Einmal schlug er die Augen auf und sah zu der Stelle herüber, wo ich saß. Er lächelte mir im Schlaf zu.

»Tut mir leid«, sagte ich, aber er hatte die Augen schon wieder zu.

Die Übelkeit blieb. Ich kotzte morgens und nachmittags, und der Geruch nach Erbrochenem begann sich mit dem Gestank des Abfalls zu mischen, der von der Straße heraufwehte.

»Versuch's mal damit«, sagte Serge eines Abends, als er nach Hause kam. Er hatte eine kleine Papiertüte dabei, aus der er drei Zitronen hervorholte. »Ich hab gehört, wenn man glaubt, man muß erbrechen, und an einer Zitrone saugt, dann hört der Reiz auf.« Dann stellte er sich in der Küche auf und begann mit den Zitronen zu jonglieren. »Frische Limonade ist auch gut.«

»Sagt wer?«

»Hab ich irgendwo gelesen.«

»Rieche ich übel?«

»Ein bißchen. Wenn du erbrochen hast.«

»Nicht sehr anziehend, was?«

»Probier mal die Zitronen. Die sollen angeblich helfen. Ich mag's nicht, wenn's dir schlecht geht.«

»Du riechst auch manchmal.«

»Ich rieche absolut niemals«, sagte er lachend und warf mir die Zitronen quer durchs Zimmer zu.

»Vielleicht lern ich ja, wie man sie auf der Nasenspitze balanciert.«

»Na, dir fällt auch so schon genug aus'm Gesicht.«

»Sehr clever«, sagte ich und schmiß die Zitronen nach seinem Kopf, so scharf ich konnte, aber jede davon ging daneben.

Als ich tags darauf auf den Markt ging, nahm ich eine davon mit. Ich stieg in die Métro, saß im Wagen, zählte die Stationen und hielt eine Zitronenspalte in der Hand. Die Frau, die mir gegenübersaß, hatte eine enge Hose mit Schlangenmuster und ein schlangengemustertes Top an, und als ich auf die seltsamen grünen Schuppen sah, verschwamm mir der Blick an den Rändern, und alles wurde fahl und undeutlich. Ich hielt mir die Zitrone unter die Nase und dann biß ich hinein, aber sie war so bitter, daß mir noch schlechter wurde, und ich kippte den Inhalt meiner Handtasche auf meinen Schoß und dann kotzte ich volle Pulle hinein. Das Erbrochene war lachsfarben, und als mir wieder besser wurde, legte ich die Zitrone oben drauf und klappte die Tasche zu. Die Schlangenfrau lächelte mir zu.

»Die haben bei mir auch nie funktioniert«, sagte sie und schlug ein langes grünes Bein über das andere. »Versuchen Sie's nächstes Mal mit 'nem Pfefferminzbonbon«.

Als meine Station kam, stieg ich aus und ließ die Tasche in einen Papierkorb fallen. Draußen auf dem Markt kam ich an Tieren vorbei; Becken mit Hummern und Fischen und Käfige voller Hühner und Kaninchen, die stanken und krank aussahen. Ein großer Käfig mit weißen Mäusen stand auf einem Stapel Kisten. Sie krabbelten im Sägemehl herum, und ein Mann steckte die Hand hinein und hob eine am Schwanz heraus. Er hielt sie in die Höhe und küßte sie auf die Nase. Ihre Augen waren rosa und durchscheinend wie Fischeier. Ich ging weiter zu den Lebensmittelständen, wo die Wespen schwärmten. Ein kleiner Junge hob unter einem Stand eine Pflaume auf und hielt sie seiner Mutter hin.

»Nicht essen«, hörte ich sie sagen. »Da sind Maden drin.«

Die Leute schlugen nach Fliegen in ihrem Haar.

»Ist ja eklig«, wurde da und dort geflüstert.

Ich fand einen Käsestand, einen langen Tisch mit einem weißen Tuch. Der Mann hatte Bauernkäse in die Stadt gebracht, aber es krabbelten überall Fliegen drauf herum, und ich wandte mich ab und dann roch ich das Feuer.

Ich bahnte mir einen Weg durch die Leute, und kurz danach sah ich Serge und eine kleine Gruppe von Freunden, die unter einer Eisenbahnbrücke beisammenstanden, schwatzten und tranken. Ich war drauf und dran, hinzugehen und mich zu ihnen zu gesellen. Ein paar von ihnen erkannte ich: Boo den Messerwerfer, der ein altes russisches Kostüm trug, und Stephane. Da war auch ein Mädchen. Sie ging zu Serge hin. Sie war sehr jung und hübsch, mit rotem Haar, das in großen Locken auf ihre bloßen Schultern fiel, und ich sah, wie sie den Arm um ihn legte und wie er sich hinunterbeugte und sie küßte. Ich beobachtete, wie sie gemeinsam seine Tasche auszupacken begannen und die Binden vorbereiteten. Sie nahm eine der Fackeln und wickelte einen dünnen Baumwollstreifen herum, und ich sah, daß Serge ihr zeigte, wie man es wickeln mußte, damit es fest genug war, und dann nahm sie einen Schluck aus der Paraffinflasche und ließ die Flüssigkeit im Mund kreisen wie einen edlen Wein, ehe sie die Fackel anzündete.

Serge stand hinter ihr und hob ihren Arm an, und dann sah ich, wie er sie anwies, über der Flamme auszuspucken, und als sie es tat, schoß die Flamme aus ihrem Mund, und ich stand da und sah zu. Als sie fertig war, legte sie die Fackeln weg und wandte sich Serge zu, und ich sah, daß ihre rechte Gesichtshälfte völlig entstellt war. Serge legte ihr die Hand auf die Wange und strich mit sanften Fingern über das tief vernarbte Gewebe. Er beugte sich hinunter und blies auf ihre Haut, und sie lachte und er küßte sie, und ich spürte, wie sich mir der Magen umdrehte.

Ich fuhr mit der Métro nach Hause und wartete auf Serge. Es dauerte nicht lange, bis er heimkam. Er hatte mir einen großen Strauß Eskimorosen mitgebracht.

»Die riechen gut«, sagte er. »Riech mal.« Ich hielt meine Gesicht an die Blumen.

»Die sind schön«, sagte ich, während er mich küßte und dann auflachte.

»Du hast Blütenstaub auf der Nase. Du siehst aus wie ein Clown.«

Ich spürte, wie Zorn in mir hochstieg, als ich zum Spiegel im Vorzimmer ging und mein mit goldgelbem Staub verschmiertes Gesicht ansah.

Serge stellte seine Ausrüstung auf dem Küchentisch ab und ging dann unter die Dusche. Ich horchte auf das Geräusch des Wassers, und als er fertig war, kam er wieder in die Küche, wo ich saß.

»Hast du einen schönen Tag gehabt?«

»Ja«, sagte er, setzte sich mir gegenüber an den Küchentisch und zündete sich eine Zigarette an. »Stell sie ins Wasser oder sie gehen ein.«

»Wo warst du?«

»Drüben auf dem Markt.«

»Hast du Freunde getroffen?«

»Ja«, nickte er. »Ich war mit Freunden zusammen.«

»Jemand dabei, den ich kenne?«

»Boo und Stephane.«

»Nur Boo und Stephane?«

»Und noch ein paar andere. Soll das auf irgendwas hinaus?«

»Es ist Konversation«, sagte ich. »Ich hab mich bloß gefragt, ob du mit irgendwem Bestimmten zusammen warst.«

»Ich war mit Freund*en* zusammen. Mehrzahl. Boo, Stephane, Justine.«

»Justine?«

»Eine Freundin.« Serge stand vom Tisch auf und öffnete den Kühlschrank. »Ich hab Hunger«, sagte er.

»Ist sie eine spezielle Freundin, Justine?«

»Was soll das?«

»Ich will wissen, was das Wort ›Freundin‹ für dich genau bedeutet.«

»Genau?«

»Ja«, sagte ich.

»Bist du eifersüchtig? Du *bist* eifersüchtig. Du machst dich lächerlich«, sagte er, während er sachte die Kühlschranktür schloß und sich hinter mich stellte. »Justine ist bloß eine Freundin, das ist alles. Ich kenne sie, seit sie ein Kind war. Sie will Feuerschlucken lernen. Das hat sie schon immer wollen. Du nicht.«

»Was ist mit ihrem Gesicht passiert?«

»Ihrem Gesicht?«

»Ja, Serge. Ihrem Gesicht. Was ist mit ihrem hübschen kleinen Gesicht passiert?«

»Du hast sie gesehen?«

»Richtig.«

»Wann hast du sie gesehen?«

»Heute. Was ist mit ihrem Gesicht passiert?«

»Sie hat Feuer immer schon gemocht.«

»Und du magst es, ihr Unterricht zu geben?«

»Ja, ich mag es. Ich mag es, sie zu unterrichten. Ich gebe gern mein Können weiter. Du wolltest es ja nie lernen.«

»Ich will's nicht lernen, also bumst du eine andere? Ist es das? Ist es das, was hier abläuft?«

»Du kapierst es nicht.«

»Ich hab gesehen, wie du sie geküßt hast.«

Serge begann mir den Nacken zu massieren. »Versuch dich zu entspannen. Sie ist eine Freundin. Da ist nichts zwischen Justine und mir. Du bildest dir was ein, wo's nichts einzubilden gibt. Du bist müde«, sagte er, beugte sich herunter und küßte mich.

Er roch feucht und nach Seife, und ein Teil von mir wollte sich umdrehen und ihn umarmen. Ihn küssen, weil ich ihm glaubte.

»War der Unfall deine Schuld?«

»Ist es das, was du denkst?«

»Na, war's so? Hast du sie verbrannt? Hat sie vor Schmerz geschrieen, und jetzt fühlst du dich schuldig, und deshalb schläfst du mir ihr?«

»Hör auf«, sagte Serge. »Diese Fragerei ist blöde.« Er massierte mir weiter den Nacken, und ich glaubte zu spüren, daß sein Griff härter wurde. »Du bist müde. Justine ist nur eine Freundin.«

»Hör auf, mich anzufassen«, sagte ich, und dann drehte ich mich um und schlug ihm die Nägel ins Gesicht.

Serge befühlte die blutigen Kratzer mit den Fingern.

»Es tut mir leid.« Ich flüsterte die Worte in die Stille hinein.

»Du bist lächerlich.«

Er packte mich am Haar und riß meinen Kopf so weit nach hinten, wie es ging, bis ich nach Luft schnappte wie ein Fisch.

»Mal sehen, wie dünn deine Haut ist«, sagte er und beugte sich knapp über mich, so daß ich seinen warmen Atem auf meinem Gesicht spürte. »Es rinnt glatt durch dich durch«, sagte er und nahm mit der freien Hand eine Paraffinflasche, die auf dem Tisch stand.

»Du tust mir weh.«

»Nein, tu ich nicht. Ich bring dir was bei.«

Er schob mir die Flasche gewaltsam zwischen die Lippen und zwang mich, von der Flüssigkeit zu trinken. Sie schmeckte stark und ölig, es war wie Benzin im Mund, und ich dachte, ich müßte mich übergeben, und dann drückte er meinen Kopf nach unten und befahl mir auszuspucken. Er nahm eine Fackel vom Tisch, klemmte sie sich mit der Spitze nach vorn zwischen die Zähne und riß, während er meinen Kopf immer noch an den Haaren festhielt, ein Streichholz an und entzündete die Fackel. Er schleifte mich aus der Küche ins Wohnzimmer und warf mich auf die Couch; er lehnte sich mit seinem ganzen Gewicht auf mich, hielt meinen Kopf an die Armlehne der Couch gedrückt, als läge ich in einem Zahnarztstuhl, und dann begann er ganz langsam die Fackel in mein Gesicht zu senken. Ich spürte die Wärme der Flammen.

»Wenn du dich wehrst, wirst du dich verbrennen«, sagte er. »So ist das, also mach den Mund auf, und zwar weit, oder du wirst am Ende genauso aussehen wie Justine.«

Ich tat, was er sagte, und dachte die ganze Zeit an die Haut im Gesicht des jungen Mädchens und daran, wie zärtlich Serge sie gestreichelt hatte. Ich *war* eifersüchtig wegen dieser Berührung, und einen Moment lang wollte ich, daß die Flammen näherkamen und mich verbrannten. Wo Serge mich an den Haaren festhielt, tat mir die Kopfhaut weh.

»Jetzt wirst du schlucken«, sagte er. Er schob die Fackel näher an mein Gesicht heran, dann noch näher, und schließlich steckte er sie mir ganz in den Mund, und ich konnte spüren, wie ich innerlich brannte und erstickt krampfte. »Mach den Mund zu«, hörte ich seine Stimme rufen, und ich klappte ihn gegen die Flammen zu, und als ich ihn wieder aufmachte, atmete ich aus, und aus mir schlug Feuer. Ich atmete Feuer, das in der Luft tanzte, und dann herrschte völlige Stille.

Serge lockerte seinen Griff, beugte sich hinunter und drückte seinen Mund auf meinen. Er berührte meine Lippen mit der Zunge und küßte mich und dann warf er mich wieder auf die Couch, wie man ein Stück Abfall wegwirft.

»Du bist wahnsinnig«, kreischte ich. »Du hättest alles in Brand setzen können. Du hättest uns beide töten können. Du bist wahnsinning.«

»Uns beide? Sind das du und das Baby oder du und ich?«

»Wer ist hier eifersüchtig? Wer hat hier 'ne scheißdünne Haut?« Ich spürte, wie sich das Zimmer um mich herum zu drehen begann, und steckte den Kopf zwischen die Beine. »Ich glaub, mir wird schlecht.«

»Iß eine Zitrone.«

»Die sind so scheißbitter.«

»Du mußt es ja wissen«, sagte er und ging in Richtung Tür.

Augenblicke später war er gegangen. Ich dachte, er würde die Tür hinter sich zuschlagen, aber statt dessen ließ er sie offen, und ich saß da, starrte in den dunklen Hausflur und horchte darauf, wie der Nachhall seiner Schritte schwächer und schwächer wurde.

Als ich die Haustür zugehen hörte, stand ich auf und ging ihm nach. Ich rannte die Treppe hinunter und hinaus auf die Straße. Serge war nur ein kleines Stück voraus, und ich brauchte nicht lang, um ihn einzuholen. Er wußte, daß ich hinter ihm war, und dann war ich im Gleichschritt neben ihm, doch er sah mich nicht an. Er ging einfach weiter, die Hände tief in den Taschen, und schließlich blieb ich auf dem Bürgersteig stehen und sah zu, wie er um eine Ecke verschwand. Ich stand einige Minuten so da. Ich spürte, wie jemand mich im Vorbeigehen streifte. Ich dachte, wenn ich um die Ecke ging, würde Serge dastehen und auf mich warten. Alles, was ich tun mußte, war ein paar Schritte weiter zu gehen und um die Ecke zu schauen. Er wird dastehen und auf mich warten. Ich ging langsam los, und als ich an die Ecke kam, blieb ich stehen und sah all die Leute an, die vorbeigingen.

Ich ging zurück in die Wohnung, sackte auf dem Fußboden zusammen und weinte in die Stille hinein.

Serge kam an diesem Abend nicht in die Wohnung zurück. Ich mußte lange duschen, um die schwarzen Flecke von Gesicht und Armen abzuwaschen und den Aschegeschmack aus dem Mund zu spülen. Danach räumte ich die Fackeln weg und wischte den Boden, wo ich das Paraffin ausgespuckt hatte, und dann machte ich Essen: ein große Pfanne Makkaroni mit Käse, mit dem Rahmkäse, der noch im Kühlschrank war. Es war ein Trostessen; ein Gericht, das meine Mutter mir immer serviert hatte, wenn ich als Kind krank war. Mein Körper schien sich zwischen Hunger und Übelkeit nicht entscheiden zu können: Einen Moment wollte ich mich übergeben und im nächsten essen ohne Unterlaß.

Nachdem ich gegessen hatte, setzte ich mich ans Fenster. Ich dachte, ich würde vielleicht Serge auf der Straße stehen oder auf das Haus zukommen sehen, aber er tauchte nicht auf. Die Wohnung wirkte leerer als jemals zuvor, wenn Serge weggewesen war. Ich ging zum Kleiderschrank im Schlafzimmer und holte ein bestimmtes grünes Hemd heraus, das ihm gehörte, und drückte es an mein Gesicht. Es roch nach ihm, seinem Schweiß und dem Rauch und dem Paraffin, und ich schob meine Hände tief in die leeren Ärmel und rollte mich dann auf dem Bett zusammen und schlief ein.

Während er von einem Stuhl in der Ecke des Zimmers aus zusah, fuhr ich mit den Fingern über eine Reihe von Eiern, die nach Größe geordnet auf einem Tisch ausgelegt waren. Da waren winzige Wachteleier und Hühnereier und fleckige Enteneier, doch meine Finger hielten inne, als ich bei einem großen weißen Gänseei ankam, das alle anderen in den

Schatten stellte. Ich nahm dieses Ei, und dann ging ich und legte mich auf das Bett unter dem Fenster. Ich rollte die dikke ovale Schale in meinen Händen, mitten über meinen Bauch und zwischen meinen Beinen, ehe ich das Ei schließlich hochhielt und die Schale auf dem Fensterbrett aufschlug, in zwei Hälften brach und ihren goldgelben Kern auf meinen Bauch fallen ließ.

»Komm her«, sagte ich, und er trat ans Bett und stand über mir und starrte hinunter auf den Dotter, der glibbernd auf meiner Haut lag wie ein riesiges gelbes Auge. Ich streckte meine Hand nach ihm aus, er kletterte über mich und ließ sich langsam zu mir herunter, die ganze Zeit darauf achtend, das Ei nicht zu berühren, nicht Haut an Haut streifen zu lassen. Er küßte meine Augen und Lippen und meinen Hals und stützte dabei sein Gewicht auf den Armen ab, im Bewußtsein, daß zwischen uns der Dotter lag.

Sein Mund war weich und sein Speichel süß. Er fuhr mit der Zungenspitze von meinem Mund über den Hals bis zu meinen dunklen, runden Brustwarzen, und ich hob mich unter ihm, während er sie umkreiste und hart werden ließ. Ich wollte den Dotter an seiner Haut zerdrücken, doch er hielt mich nieder, indem er sich mit dem vollen Gewicht seines Körpers auf meine Handgelenke stützte, so daß ich mich kaum bewegen konnte, und dann sog er an meinen Brüsten, nahm sachte die Nippel zwischen die Zähne und trank von meiner Haut. Seine Zunge glitt an meinem Körper hinunter bis dahin, wo der Dotter lag, rund und unversehrt; ein perfekter Beutel voll dicker, üppiger Flüssigkeit, der auf meinem weichen Bauch lag, bereit, aufzuplatzen und sich zu ergießen.

Vorsichtig öffnete er meine Beine und rieb mit der Hand an meinem samtweichen, sämig feuchten Geschlecht. Er schob sich gegen mich, sein Geschlecht gegen meines, und ich spürte, wie mein ganzes Selbst sich ihm öffnete, als er sachte in mich eindrang; dabei hütete er sich die ganze Zeit, das Auge auf meinem Bauch zu berühren. Ich wußte, er wollte sich an mich drängen, sich tief in mein Fleisch rammen, doch das konnte er sich nicht gestatten. Der Dotter lag zwischen uns und starrte nach oben, wie die Bürde eine lang gegebenen Versprechens, und ich zwang ihn, sich seine Lust mit gemessener, beinahe distanzierter Präzision zu verschaffen.

Als er kam, drückte er mich fest nieder, bis ich spürte, daß die Muskeln in seinen Armen und Beinen sich entspannten, dann ließ er vorsichtig meine Handgelenke los, die weiß waren, wo er sie umklammert hatte, und stemmte sich hoch.

»Jetzt iß es«, flüsterte ich ihm ins Ohr, legte ihm die Hand auf den Kopf und drückte sein Gesicht zu meinem Bauch hinunter. »Iß es«, sagte ich, während sein ganzer Körper sich mir zu widersetzen versuchte. Er sah mich an und dann schloß er den Mund um den warmen gelben Dotter und saugte ihn im Ganzen von meinem Bauch. In seinem Mund platzte die Haut, und dicke gelbliche Flüssigkeit troff ihm von den Lippen.

Als ich aufwachte, war Serges Hemd eng um mich geschlungen, und in der Hitze der Nacht war es feucht von meinem Schweiß. Ich konnte die Eidechse in ihrem Behälter am Fuß des Bettes sitzen sehen, wo Serge sie hingestellt hatte. Sie war völlig reglos und starrte mich mit ihren kalten dunklen Augen unverwandt an. Ich versuchte, meine zu schließen, aber jedesmal, wenn ich es tat, sah ich nur Serge neben Justine liegen und sie zärtlich auf die narbige Hälfte ihres Gesichts küssen. Die Zunge der Eidechse schnellte ins Dunkel hinaus.

Ich stand auf. In den Wohnungen gegenüber hatten die Leute die Matratzen auf die Balkone geschleppt und lagen auf dem Rücken mit dem Blick zum Himmel. Ich konnte dort dunkle Umrisse ausmachen – sie lagen aneinandergeschlichtet wie Flüchtlinge unter dem heißen Mond. Madame

P... (Serge und ich hatten all diesen Gestalten Namen gegeben) saß in ihrem Lehnsessel am offenen Fenster und fächelte sich mit der Zeitung ihres Mannes Luft zu, und ich konnte sehen, daß Doc, der direkt gegenüber wohnte, aufrecht im Bett saß und eines seiner medizinischen Bücher las. In der Hitze der Nacht gab es keine Privatheit. Was sonst fest verschlossen gewesen wäre, stand offen, so daß alle Welt es sehen konnte. Carlotta kam kurz nach vier Uhr früh von der Arbeit heim. Sie nahm ihre blonde Perücke ab, um sich den Schweiß abzuwischen, und zündete sich eine Zigarette an. Manchmal nahm sie ihre Kunden in ihre Wohnung mit, und Serge und ich saßen am Fenster und beobachteten die Schatten, die ihre Körper im Halbdunkel an die Wände warfen, aber normalerweise arbeitete sie auf der Straße. »Vermutlich ist es ihr so lieber«, sagte Serge. »Auf der Straße gibt es keine Intimität.« In dieser Nacht beobachtete ich, wie sie im Dunkel ihre Zigarette rauchte und sich dann auf dem Balkon ausstreckte.

Bei dieser Hitze, die jeden schläfrig machte, konnte keiner schlafen. Statt dessen träumten wir alle den ganzen Tag von kühlen Nächten unter kühlen Laken. Jeder träumte vom Schlafen.

So saß ich bis zum Morgengrauen. In der Frühmorgensonne war alles dunstig verschwommen, als ob jemand die Gebäude auf Pergament skizziert hätte. Unten badeten drei kleine Spatzen am Fuß eines Baumes im Staub. Die Erde schien beim leisesten Flügelschlag von ihnen zu zerbröseln. Die Stadt wurde wieder zu Staub.

SCHMELZKÄSE

Schmelzkäse wird üblicherweise aus
pasteurisierter Milch hergestellt.
Er besitzt wenig Geschmack,
noch weniger Aroma und ist zumeist
pappig. Er ist nach Möglichkeit
zu meiden. Servieren Sie
ihn niemals bei Einladungen.

Serge kam nach ein paar Tagen wieder. Ich war aus gewesen und hatte ihn an all den Orten gesucht, die er normalerweise frequentierte, aber ich hatte ihn nicht gesehen. Statt dessen sah ich Justine. Ich stieß in einem Café auf sie. Ein Teil von mir meinte, ich sollte einfach vorbeigehen, aber dann fand ich mich wieder, wie ich mich an einen Ecktisch setzte, von dem aus ich einen guten Blick auf sie hatte. Mir gefiel der Gedanke, daß sie mich nicht kannte, daß sie mir nie begegnet war und mich daher nicht sehen konnte. Nach allem, was ich wußte, hatte Serge ihr nie von mir erzählt, und für sie existierte ich überhaupt nicht.

Ihr Gesicht faszinierte mich. Ich wollte hinüberlangen und es berühren. Man sah, wo auf der glänzenden verbrannten Haut die Adern hervortraten und daß ihr Mund ein wenig schief war, wo die Flammen sich in den Muskel gefressen hatten.

»Wie ist denn das passiert?« Ich dachte, ich könnte eines Tages zu ihr hingehen und sie beiläufig fragen. Ich wäre eine neugierige Passantin oder eine plastische Chirurgin, die sich erbötig machte, ein Wunder an Hauttransplantation zu vollbringen.

»Ich lerne Feuerschlucken. Mein Lehrer. Er führte mir eben vor, wie man Feuer speit, und die Flammen haben mich im Gesicht erwischt.«

»Aber das ist schrecklich.«

»Nicht wirklich. Es hat uns einander nähergebracht. Es war ein Unfall, aber ihm gefallen die Narben«, würde sie sagen.

Ich beobachtete, wie sie sachte an ihrem langen roten Haar zupfte und es über die Wange zog, um die Narben zu verdecken. Sie trank ihren Kaffee und las ein Buch, und schließlich zahlte sie und ging. Ich hatte daran gedacht, ihr zu folgen, um festzustellen, ob sie mich zu Serge führte, aber etwas in mir hielt mich davon ab.

Auf dem Heimweg machte ich halt, um etwas Obst und Gemüse auf einem Markt am Fluß zu kaufen, und spazierte dann durch die Straßen zurück zur Wohnung. Das Mädchen mit dem brombeerschwarzen Bürstenschnitt saß auf einem Sofa vor dem Friseursalon. Sie trug ein Kleid in Zitronengelb und trank aus einem Glas mit viel Eis ein rotviolettes Getränk.

Sie lächelte, als ich vorbeikam. »Sie wohnen da oben, nicht?«

»Ja, stimmt.«

»Haben Sie schon mal daran gedacht, sich die Haare schneiden zu lassen?«

»Nicht wirklich. Aber ich hab an Färben gedacht.«

»Welche Farbe? Wir haben jede Menge Farbtafeln. Färben ist unsere Spezialität«, sagte sie und goß etwas von der seltsamen violetten Flüssigkeit in ein zweites Glas, das sie mir reichte.

»Rot.«

»Wirklich? Rot?«

»Ja. Was ist falsch an Rot?« sagte ich, setzte mich neben sie aufs Sofa und nahm einen Schluck von dem Drink.

»Das ist Traubensaft«, sagte sie. »Sie kommen mir bloß nicht vor wie der Typ für Rot. Ich seh Sie mehr als heimliche Blondine. Fragen Sie sich mal das: Haben Sie viel Rot in Ihrer Garderobe? Paßt Rot zu Ihrem Teint? Ist Ihre Persönlichkeit rot? Mögen Sie rotes Fleisch? Essen Sie viel rotes Gemüse? Warten Sie das Rotlicht ab, ehe Sie über die Straße gehen? Das sind Fragen, die Sie bedenken sollten.«

»Ja«, sagte ich. »Ich verstehe.«

»Sehen Sie oft rot? Das ist eine ganz wichtige Frage. Ich selber bin ja eine Mischung aus Blau und Rot«, sie legte die Hand an den Kopf. »Fünf von sieben Tagen fühle ich mich elend blau und dann hin und wieder sehe ich tiefrot. Diese Tage sind gräßlich. Aber Sie sehen doch, nicht wahr, Violett ist meine Farbe.«

»Ich sehe oft rot«, sagte ich.

»Sind Sie schwanger?«

»Was hat das damit zu tun?«

»Sind Sie?«

»Ich bin schwanger, ja.«

»Machen Sie Übungen?« Ich schüttelte den Kopf.

»Kommen Sie rein, ich möchte, daß Sie jemand kennenlernen.« Sie stand auf, stellte ihren Drink ab, und ich folgte ihr in den Laden. Das Mädchen mit der hochtoupierten Frisur kämmte jemandem die Haare.

»Das ist Peggy«, sagte das Brombeer-Mädchen. »Und mein Name ist Rachel. Peggy unterrichtet Joga. Sie wird Ihnen ein paar gute Übungen zeigen.«

Rachel wandte sich zu Peggy und nahm ihr den Kamm ab, und dann nahm Peggy ein Kissen von einem der Stühle und legte es auf den Boden.

»Legen Sie sich mit dem Kopf auf das Kissen«, sagte sie, strahlte mich an und kniete sich auf den Boden. »Ich zeig Ihnen was nicht sehr Anstrengendes. Schließen Sie die Augen. Jetzt entspannen Sie sich und atmen Sie ein und aus, so, daß Sie sich Ihren Atem bewußt machen. Spannen Sie die Schenkelmuskeln so stark an, wie Sie können. Halten Sie die Spannung und dann entspannen Sie langsam. Jetzt spannen Sie die Bauchmuskeln an. Spannung halten und langsam entspannen. Machen Sie das mit allen Muskeln in Ihrem Körper. Spannen Sie einen nach dem anderen an und entspannen Sie langsam. Lassen Sie Ihren Körper fließen. Lassen Sie Ihren Körper sich öffnen. Fühlen Sie, wie die Spannung von Ihren Schulterblättern abfällt. Lassen Sie Ihre Gedanken treiben und sich von Ihrem Atem kontrollieren. Fühlen Sie, wie bei jedem Atemzug Helligkeit und Süße in Ihren Körper fließt und wie beim Ausatmen das Gift den

Körper verläßt. Ihr Körper ist weich. Ihre Haut ist wie Seide. Öffnen Sie Ihren Körper ganz. Strecken Sie die Glieder.«

Ich lag auf dem Boden, horchte auf Peggys Stimme und spürte, wie ich langsam wegdriftete. Ich war ein riesiger Käse, und mein Körper ging auf und zerfloß wie ein überreifer Camembert auf einem weißen Teller. Als ich die Augen wieder öffnete, standen Peggy und Rachel über mir und lächelten. Die Frau, deren Haar Rachel frisiert hatte, saß immer noch in ihrem Stuhl. Auch sie sah mir zu.

»Wie fühlen Sie sich?« fragte Rachel.

»Großartig. Danke.«

»Kommen Sie jederzeit wieder«, sagte Peggy. »Ich könnte Ihnen die Katzenposition zeigen, und noch ein paar andere, die gut für Schwangere sind.«

Als ich den Salon verließ, kam Rachel an die Tür mit.

»Ich denke immer noch: blond«, sagte sie. »Rot ist ein bißchen billig.«

»Sie haben recht«, sagte ich.

Ich ging langsam die Treppe zu meiner Wohnung hoch. Ich merkte fast sofort, daß Serge schon einige Zeit vor mir dagewesen war, so sicher, als ob ein Geist durch meinen Körper gegangen wäre, und als ich die Wohnung betrat, sah ich ihn im Dunkeln am Fenster stehen.

»Du bist zurückgekommen«, sagte ich, als er sich umdrehte. »Es tut gut, dich zu sehen.«

»Dich auch.« Er neigte leicht den Kopf.

»Du siehst müde aus.« Serge nickte.

»Ja«, sagte er. »Ich bin auch müde.«

»Bleibst du? Hast du Hunger?«

»Nein. Ich bleibe nicht. Ich geh wieder.«

»Zu Justine?«

»Laß das.«

»Tut mir leid. Hast du Hunger?«

Ich drehte das Licht in der Küche an, stellte die Einkaufstüte auf den Tisch und begann, etwas von dem Gemüse auszupacken. »Ich hab Salat und so Sachen«, sagte ich, während ich anfing, Tomaten und grünen Salat in der Spüle zu waschen, und dann spürte ich seine Arme um meine Mitte. Sein Gesicht strich über meinen Nacken. »Ich hab dich vermißt«, sagte ich. Er küßte mich zart auf den Nacken. »Tut mir leid. Wegen Justine. Ich bin schon ganz durcheinander«, sagte ich. Seine Hände drehten mich zu ihm um, und er küßte mich wieder und sah mich lange an.

»Hör mal, ich gehe eine Weile weg. Stephane hat ein Engagement in Genf. Die brauchen noch einen Feuerschlucker, und ich hab gesagt, ich mach es.«

»Hättest du mir eine Nachricht dagelassen?«

Serge steckte die Hand in die Tasche und zog ein kleines Stück Papier heraus. Darauf hatte er gekritzelt: »Ich fahre noch heute abend nach Genf. Dort essen sie Käse zum Frühstück. Bin bald wieder da. Alles Liebe, Serge.«

»Wie gütig von dir, wenigstens zu schreiben.«

»Sarkasmus steht dir nicht.«

»Nein«, sagte ich. »Du hast recht. Dein Zeug ist in dem Schrank da. Ich seh dich, wenn du wiederkommst.«

»Ich hab auf dich gewartet, weißt du. Ich wollte dich noch mal sehen.«

»Du solltest jetzt besser gehen.«

»Ja«, sagte er. Ich setzte wieder an, etwas zu sagen, aber er hob die Hand. »Ich seh dich bald. Okay? Wird's dir gutgehen?«

»Wird schon gehen. Danke, daß du gewartet hast.«

Ich schaffte es, an ihm vorbei und ins Schlafzimmer zu gehen, wo ich mich aufs Bett legte. An der Wand gegenüber war ein großer Spiegel, in dessen Rahmen ein Foto steckte, das ein Freund von uns beiden gemacht hatte. Wir standen vor den Toren von Versailles, und Serge lachte und machte eine Kopf-ab-Gebärde mit der Hand. Ich lag auf dem Bett und starrte das Bild an, während mein Körper langsam wegdriftete.

Später, als er gegangen war, stand ich auf und setzte mich auf die Couch im Wohnzimmer. Unter der Rückenlehne steckte ein Päckchen von seinen Zigaretten. Ich zog eine heraus, zündete sie an und hielt die Glut an meinen Handrücken. Ich hielt sie so nahe, daß sie die winzigen Härchen auf meiner Haut versengte. Die Hitze kitzelte mich, und dann drehte ich die Hand um und drückte die Zigarette fest in meine Handfläche. Einen Augenblick lang tat es nicht weh, dann wurde es unerträglich, doch ich hielt die Zigarette weiter dort, zerdrückte sie zu Brei, bis mir die Tränen übers Gesicht liefen, und dann rannte ich in die Küche und hielt meine Hand unter den Kaltwasserhahn. Jedesmal, wenn ich sie aus dem kalten Wasser hervorzog, kam der Schmerz wieder, und schließlich machte ich mir einen Eisbeutel, setzte mich auf die Couch und preßte ihn auf meine Haut. Bis zum Morgen hatte sich eine wäßrige Blase gebildet. Es dauerte ein paar Wochen, bis die Wunde heilte, und als es soweit war, hatte die Haut eine andere Oberfläche. Eine kleine glänzende Scheibe, wie eine Impfnarbe. Gelegentlich berührte ich sie. Mir wurde übel davon.

Mein Verlangen nach Käse wuchs; eines Abends um zehn herum bekam ich wütenden Heißhunger und war gezwungen rauszugehen, um in dem Laden zwischen der Rue Maurais und der Rue Bec, der nachts auf hatte, Käse zu kaufen. Ich wollte mich nicht rühren. Die Hitze hatte mich lethargisch gemacht, aber ich wollte verzweifelt etwas zu essen und meinen Hunger lindern.

Draußen sprengten die roten Wagen die Straßen vergebens. Das Wasser benetzte die Bürgersteige, feuchtete den Staub an und versickerte zwischen Haufen von faulendem Müll im Rinnstein. Es hatten noch etliche Bars offen. Die Leute saßen davor im Freien. Ein grünes Licht vom Schild einer Apotheke beleuchtete ihre Gesichter und ließ sie so übel aussehen, wie der Müll roch, der schimmelnd um sie herum lag. Der Gestank war überwältigend. Er stach mir in die Nase und steckte mir hinten im Hals. Man konnte die Fliegen hören, wie sie durch die warme Nachtluft schwirrten und über die Haufen krabbelten, zu Millionen nistend im Blut von Damenbinden und den Resten von geschnetzelter Leber.

Ich ging in der Straßenmitte rasch weiter.

Der Besitzer des Ladens nickte mir zu, als ich reinkam, hielt sich dann mit den Fingern die Nase zu und verdrehte die Augen zur Decke. Seine Finger waren fleischig wie fette kleine Hundewelpen. In dem kleinen Zimmer an der Vorderfront, das an den Laden anschloß, konnte ich seine Frau sehen. Sie war auch massig und schien sich kaum je aus ihrem Lehnstuhl zu erheben. Manchmal, wenn sie herausgewatschelt kam, um zu bedienen, konnte man durch ihre dicken Nylonkittel den Schweiß riechen.

Das einzige an Käse, was ich in der Kühlvitrine des Ladens in die Finger bekam, war ein kleines Päckchen Schmelzkäse. Ich blieb eine Weile vor dem Schrank stehen, um in den Genuß der kühleren Luft zu kommen, die er abstrahlte. Schließlich ging ich an den Tresen zurück.

»Nicht viel Auswahl.«

»Keine Lieferungen«, sagte der Mann. »Wenn das so weitergeht ...«, und er zog die Schultern hoch.

Ich kaufte den Käse und ging wieder nach Hause.

Der Käse maß exakt zehn mal zehn Zentimeter und war in dicke, durchsichtige Plastikfolie eingeschweißt. Es waren sechs Scheiben in dem Päckchen, das ich mit der Nagelschere aufschnitt und hochhielt, um an seinem Inhalt zu riechen, aber von Aroma keine Spur. Jede Scheibe war dick und fahl. Ich schnitt ein paar Stück Brot ab, legte je zwei Scheiben Käse drauf und dann toastete ich das Ganze und nahm den Teller mit ins Schlafzimmer, wo ich mich damit aufs Bett setzte und mir im Fernsehen Seifenopern ansah. Danach kamen *The Falling Joys* und sangen *XYZ*, und ich ging schlafen.

In dieser Nacht hatte ich keine Träume, zumindest keine, an die ich mich erinnern konnte. Ich wachte einmal auf und fühlte mich enttäuscht, beinahe leer, als wäre ich um etwas betrogen worden.

Ich ging ins Wohnzimmer, setzte mich auf die Couch und begann kleine Zeichungen von trächtigen Tieren zu machen: Elefanten und Spinnen und Strichweibchen mit riesigen Stücken Käse im Bauch. Mein Lieblingsbild war das einer Maus mit sechs Baby Bels im Bäuchlein, aufgereiht wie Erbsen in der Schote.

Später ging ich unter die Dusche und dann stellte ich mich vor den Ganzkörperspiegel im Schlafzimmer. Als Kind hatte ich mich selten im Spiegel betrachtet, oder wenn ich es doch tat, stellte ich nie das Kind in Frage, das herausstarrte. Ich nahm es für selbverständlich, daß ich es war und gönnte mir kaum je einen zweiten Blick. Nun starrte ich mich selbst an, doch ich erkannte die siamesische Gestalt vor mir kaum wieder. Meine Brüste wurden größer. Mein ganzes Sein änderte die Form, verwandelte sich, um das Kind darin unterzubringen. Ich erinnerte mich an einen Kurzfilm, den ich mal gesehen hatte, über eine Raupe, die sich in einen Schmetterling verwandelte, und dachte daran, wie kompakt die Puppe und wie eng das Lebewesen darin hineingepackt gewesen war. Die Moleküle veränderten sich und gestalteten sich zu buntglänzenden Flügeln um, und am Schluß zeigte die Kamera den zerbrochenen Kokon und wie das schöne Insekt herausschlüpfte und die Flügel ausbreitete.

Ich strich mit der Hand über meinen Bauch. Meine Haut war glatt und in Erwartung wie ein versiegelter Umschlag. Ich dachte an Serge, wie er in irgendeiner fremden Stadt saß, weit weg von mir. Ich vermißte ihn. Ich vermißte es, seine Stimme zu hören, seine um mich geschlungenen Arme und seinen Körper neben meinem zu spüren. Manchmal wollte ich ihm schreiben; ich wollte ihm von der Hitze erzählen. Wie sie ständig drückender geworden war und wie ich kaum noch atmen konnte. Ich wollte ihm erzählen, daß die Stadt wieder zu Staub wurde und bald zerfallen würde. Serge war in einer Stadt, in der es eine kühle Brise gab und die Erde grün und frisch war. Er atmete linde Luft. Ich fragte mich, ob er mich jetzt erkennen würde. Ich starrte auf mein Gesicht, und je länger in hinstarrte, desto weiter entfernte ich mich von mir, wie auf meinen alten Kinderfotos, die meine Mutter aufbewahrte. Ich wußte, daß die da drauf ich war, und doch ergaben sie irgendwie keinen Sinn mehr. Ich war verschwunden.

Als ich meinen Spaziergang machte, winkte ich Peggy und Rachel durch ihr Auslagenfenster zu. Rachel setzte eben eine alte Dame unter die Trockenhaube, und Peggy steckte sich Plastikrosen ins hochtoupierte pinkfarbene Haar.

Die Sonne schimmerte auf dem Pflaster, und die Luft war heiß und dunstig; die Welt vor meiner Tür war nicht als ein Trugbild. Eine alte Frau kam über die Straße und fragte mich nach etwas Kleingeld. Sie streckte ihre schmutzige Hand aus, und ich gab ihr ein paar Francs, ehe sie weiterschlurfte.

PARMIGIANO
REGGIANO

Ein mittel bis stark aromatischer Käse mit einer ausgeprägten Schärfe im Geschmack. Dieser Käse paßt gut als Nachtisch, serviert mit Birnen, Melonen oder Feigen. Anfänglich von harter Konsistenz, zergeht er dennoch im Mund rasch zu einem wunderbaren Schmelz. Probieren Sie den Käse vor dem Kauf. Wenn der Geschmack nicht nachwirkt oder zu schnell verschwindet, ist der Käse nicht voll ausgereift.

Ich versuchte jetzt jeden Tag einen Spaziergang zu machen. Manchmal schaffte ich es nur bis zur Bar an der Ecke und setzte mich hin und sah in den Fernseher, normalerweise aber versuchte ich bis in die öffentlichen Gärten zu kommen, um mich unter die Bäume, oder was davon übrig war, zu setzen. Ich beobachtete die Leute, die vorbeigingen und papierdünne Kleider trugen, durch die man Arme und Beine sehen konnte, ihre Haut rosig und klebrig vor Schweiß. Ich konnte riechen, wie ihre Haut unter der Sonne verbrannte, und während sie an mir vorüberzogen, zog ich sie aus. Ich knöpfte ihre Hemden auf, zog ihnen Kleider und Röcke und Hosen herunter und legte im Geiste alles auf den trockenen harten Boden, während sie, meiner Hände nicht achtend, weitergingen. Jeder ging weiter, während ich dasaß, ganz still auf der Parkbank unter den Bäumen, und vor ihnen eine andere Gestalt annahm, ein unsichtbares Wunder, das vor ihnen saß, während ihre Blicke gen Himmel gerichtet waren und sie warteten und um die ersten Regenstrahlen beteten.

Ich fing auch an, Kirchen und die vielen Museen der Stadt zu besuchen. Eines im besonderen, ein kleines Museum in einer schmalen Straße, die von einem der Hauptplätze wegführte, wo es nach der Hitze der Straßen immer kühl war. Es gefiel mir, über die glänzenden Holzböden in Frieden zwischen den Marmorfiguren umherzugehen. In jedem Saal hingen vergoldete Spiegel, die Raum nach Raum in illusionärer Flucht zeigten. Es faszinierte mich, wie etwas so Simples wie Sand den Zauber der Lichtreflexion vollbringen konnte und wie mein Spiegelbild immer kühl wirkte, als würde ich in Wasser treiben.

Jener Tag war freilich anders. An jenem Tag machte ich mich in die entgegengesetzte Richtung auf. Ich ging über den Pont Rochelle. Der Fluß stand niedrig; der ganze Unrat, der normalerweise in seinen Tiefen versank oder ins Meer gespült wurde, trieb nun oben auf den trägen, flachen Wassern, ein riesiger Teppich von grünlich schwarzem Abwasser. Und alles, was nicht trieb, klebte an den Flußbänken, mit den Flußalgen verfilzt wie riesige Haarballen aus dem Magen einer kranken Katze. Als Kind hatte ich es geliebt, am verdreckten Meeresrand entlangzuwandern und mit den Schuhen über die Abfälle zu scharren, die von den Gezeiten angespült worden waren: die alten Schuhe, ein Puppenkopf, ein Autoreifen, einmal sogar ein Computerbildschirm, dessen Glas zerschlagen war und in dem es von fetten rosa Krabben wimmelte. Ich zog durch diesen Korridor von Meeresdingen mit dem Einkaufskorb meiner Mutter über dem Arm und sammelte violette Seeigel und lange dünne Schwertmuscheln ein. Ich liebte ihre Formen, ihre cremefarbenen Innenseiten und irisierenden Gehäusewindungen. Eisblaue Wellhornschnecken und kleine Seesterne, geriffelte Nautilusse und grünrandige Miesmuscheln. Meine Mutter hatte mir zum zehnten Geburtstag eine Schneckenmuschel geschenkt. Sie sagte, solange ich die Muschel aufbewahrte, würde ich immer das Meer hören können. Ich habe sie noch heute. Sie liegt neben meinem Bett.

Ich überquerte die Brücke, so rasch ich konnte, um dem Geruch zu entkommen, und ging auf der anderen Seite durch eine schattige Kastanienallee, bis ich kurz darauf an eine Abzweigung zu meiner Rechten kam und eine der kleinen Straßen mit Kopfsteinpflaster nahm, die mich in Richtung Markt führte. Mein Ziel war ein alter Laden, an den ich mich von einem früheren Spaziergang durch dieses Stadtviertel her vage erinnern konnte. Ich streifte weiter durch das Straßengewirr und versuchte mich zu erinnern, wo genau er gewesen war, bis schließlich, mehr durch Zufall als durch gutes Gedächtnis, mein Ziel vor mir auftauchte. Es war ein Käse-Spezialitätenladen und hieß angemessenerweise *Le Fromage*.

Eine kleine Silberglocke klingelte, als ich die Tür aufstieß. Drinnen war es kühl und dunkel, und das erste, was mir auffiel, war der moosige Käsegeruch, bei dem mir im Nu das Wasser im Mund zusammenlief. Die Schlange der insgesamt vier Kunden bewegte sich langsam vorwärts. Sie defilierten an glänzenden Vitrinen vorbei, die mit riesigen Käsen in allen Formen, Größen und Farben vollgestapelt waren. Da waren feste Käse mit tiefgrünen Adern und große runde Butterkäse, die langsam auf den Platten zerliefen. Da waren gigantische Kuppeln von Käsen mit oranger Rinde und cremig bleichen Käsen, die aussahen wie in schwarzem Pfeffer gewälzt. Wächserne Edamer und mondrunde Bries waren neben enggeschlichteten Reihen von Blauschimmelkäsen aufgetürmt. Manche der Käse waren auf Stroh gebettet, während andere auf dicken grünen Blättern lagen und mit Walnüssen bestückt waren. Sie kamen aus der ganzen Welt, aus der Schweiz und Italien und Frankreich und China. Der Ladenbesitzer hatte sie alphabetisch nach Herkunftsländern angeordnet, so daß sie sich von Osten, am Eingang, bis Westen, an der Kasse, erstreckten. In jedem Käse steckte eine kleine weiße Karte, auf der in Schwarz Namen standen wie Raveggiolo, Cheddar, Jizrael, Petit Bessay.

Hinter dem Ladentisch standen zwei Jungen und ein Mädchen, keiner davon schien älter als zwanzig oder so. Das Mädchen und einer der Jungen hatten die Gesichtsfarbe von Brie, und auch ihre Hände sahen bleich aus. Doch es war der zweite Junge, der sofort meine Aufmerksamkeit fesselte. Er war ein Albino, und es war schwer, nicht auf seine vollkommen rosafarbenen Augen und sein schneeweißes Haar zu starren. Jeder von ihnen trug eine frische weiße Schürze, und sie wechselten sich beim Bedienen der Kunden regelmäßig ab, doch alles sah nur auf den Albino.

Und dann tauchte hinter ihnen ein älterer Mann auf. Er hatte keine Schürze um, und stand mit den Händen hinter dem Rücken da und lächelte quer durch den Laden. Seine ganze Erscheinung hatte etwas Silbriges. Er nickte bestimmten Kunden zu, und es wurde bald erkennbar, daß ihm der Laden gehörte. Ich hörte zu, wie er eine junge Frau vor mir darüber beriet, welche Art von Käse sie bei einem Abendessen, das sie gab, servieren sollte. Sie erklärte, daß es als Hauptspeise in Wermut gedünsteten Lachs geben würde.

»Ein trockener Weißwein zum Fisch und ein milder bis mittelwürziger Käse hinterher würden passen«, sagte er, wobei er ihr die Worte fast ins Ohr flüsterte.

Sie nickte beifällig, und er nahm einen kleinen quadratischen Käse von einem Regal hinter ihm, um sie kosten zu lassen. Ich merkte, daß sie in Verzückung war, und als sie das säuberlich eingeschlagene Päckchen einsteckte, lächelte sie ihm zu, und dieses Lächeln kannte ich.

Als ich drankam, bediente der Albino. Seine Haut war weiß und rosa wie in Milch getauchte Erdbeeren. Ich fragte nach etwas, das nicht zu mild noch zu pikant sein sollte.

»Mir ist nach etwas, was gut zu Obst paßt«, sagte ich, und der Junge mit der glatten bleichen Haut meinte: »Der da ist heute morgen reingekommen.« Er deutete auf einen riesigen zylindrischen Laib Käse und klopfte dann mit den Fingern darauf.

»Parmigiano Reggiano«, sagte er triumphierend und holte einen Drahthobel hinter dem Ladentisch hervor. Er zog den Draht straff, und dann schnitt er den Käse vorsichtig an und legte dabei ein wunderbares, karamelfarbenes, körniges Inneres frei. »Kommen Sie näher«, sagte er, und ich beugte mich vor. »Sehen Sie das?« Auf der Oberfläche schimmerte ein feuchter Film wie Schweiß.

Er wischte ein Messer mit einem feuchten Tuch ab und meißelte damit ein kleines Stück heraus, das er mir auf der Messerklinge anbot. Der Käse schmeckte süß mit einem leichten birnenartigen Odeur. Ich sah zu, wie er sich auch ein Stückchen nahm und dran knabberte.

»Ist er gut?« fragte er.

»Ja, schmeckt gut.«

»Ungefähr so viel dann?« fragte er und setzte mit der scharfen Seite dort an, wo er schneiden wollte.

Ich nickte. Er wog das Stück ab, schlug den Käse in ein quadratisches Wachspapier ein und steckte das Ganze in eine blauweiß gestreifte Tüte.

Erst als ich meinen Einkauf erledigt hatte, sprach der alte Herr mich an.

»Sie waren früher noch nie hier?« fragte er schüchtern.

»Nein«, sagte ich und nahm das Päckchen von der Theke.

»Was haben Sie gekauft?«

»Parmesan.«

»Ein schöner Käse. Ein schöner Käse«, sagte er rasch und redete dann mit leiser, fast drängender Stimme weiter auf mich ein. »Wie die meisten Leute mit Käse umgehen, ist kriminell. Da planen sie ihr Essen so sorgfältig wie ein Mörder das perfekte Verbrechen, aber sie vergessen immer den Käse, und dann latschen sie zum nächsten Supermarkt und kaufen irgendwas, was gerade im Angebot ist – das ist genauso, wie wenn der Mörder noch einmal an den Tatort zurückkehrt, weil er etwas Wichtiges vergessen hat. Dann macht er den Fehler. Dann wird er gefaßt. Man sollte nie erst im nachhinein an den Käse denken. Das ist sehr wichtig. Sie verstehen?«

Ich nickte.

»Es gibt da einen alten englischen Reim, ich hab vergessen, wie er im Ganzen geht, aber die wesentlichen Punkte sind einfach. Käse sollte nicht so salzig sein wie Lots Weib und auch nicht voller Augen wie Argus. Kaufen Sie nie Käse, der weint wie Maria Magdalena, denn das heißt, daß er voller Molke ist, und auch keinen Käse, der haarig ist wie Esau. Das sind gute Richtlinien, finden Sie nicht auch?«

»Ich werd's mir merken«, sagte ich.

»Dieser Parmigiano kommt direkt aus Italien, von den Ufern des Po. Jetzt ist genau die richtige Zeit für einen guten Parmigiano. Er war süß, oder nicht?«

»Ja, er schmeckt nach Birnen.«

»Was Sie da geschmeckt haben, war die Fülle des Sommers. Was diesem Käse den wahren Geschmack gibt, ist das Aroma von Obst und Gras und Blumen unter der Sonne. Butterblumen und Birnen, Enzian und Pflaumen, süßrosa Klee und zartgrünes Gras.« Der alte Mann legte die Hände zusammen wie ein Kind und öffnete dann die Finger wie einen Blütenkelch oder eine Muschel, die in den warmen Frühlingsgezeiten aufklappt. »Es ist Alchemie. Chemie vom Feinsten«, sagte er. »Erst verwandelt die Kuh das Gras in Milch. Ein Wunder. Dann verwandelt sich die Milch. Goldfarbener Käse aus reiner weißer Milch. Das müssen Sie doch zugeben?« Ich lächelte.

»Ja, ein Wunder.«

»Natürlich«, sagte er, »keine zwei Felder bringen die gleiche Ernte. Es sind die Erde und die Mineralien, die in Wahrheit das Aroma eines Käses prägen. Ein Bauer, den ich kenne, läßt sein Vieh auf einem früheren Friedhof weiden. Er schwört, daß das Gras dort das saftigste in der ganzen Gegend ist, und seine Milch ergibt tatsächlich einen der süßesten Frischkäse, den ich je gekostet habe.«

Der alte Mann sprach nicht weiter. Dann machte er eine kleine Verbeugung vor mir und wandte sich ab, und ich nahm das als mein Signal zu gehen.

Vor dem Laden tat ich das Päckchen in meinen Korb und spazierte dann langsam zur Stadtbücherei. An den dunklen Eichentischen saßen wenige Leute, die sich mit Zeitschriften Luft zufächelten. In einer Ecke schlief eine alte Frau, und dann glaubte ich Serge hinter einem der Regale verschwinden zu sehen, aber als ich ihm nachging, stellte sich heraus, daß es ein viel älterer Mann war, der Serge nicht im geringsten ähnlich sah, und ich fühlte mich enttäuscht. Es war, als könnte Serge mir jederzeit erscheinen, wenn er wollte, und wieder verschwinden. So war es gewesen, als er noch mit mir zusammenlebte. Nun, nachdem er weg war, war es noch immer so. Ständig erschien er mir. Ich sah ihn eine Straße entlanggehen, den Park durchqueren, in einem Café sitzen, aber jedesmal, wenn ich nochmals hinsah, war es dann doch ein Fremder, und er fehlte mir doppelt und dreifach.

Ich ging zur Abteilung Essen und Kochen, die sich hinten in der Bücherei befand. Die Auswahl in den zwei Regalen war mager. Es gab ein paar Bücher mit Eselsohren über Kochen mit dem Wok, einige Bände aus einer Reihe, die *Der Meisterkoch* hieß, ein Buch mit dem Titel *Erfolg mit Suppen, Soufflés und Salaten* und ein oder zwei Kochbücher für Kinder mit Lebkuchenmännchen und Wackelpuddings vorne drauf. Zwischen all dem und einem falsch eingeordneten Exemplar von *Geschichte zweier Städte* steckte ein schmales Bändchen mit dem Titel *Der Käse-Führer, Ein vollständiges Handbuch.* Ich nahm dieses Buch, ging weiter und fand noch ein paar andere über Schwangerschaft. Die Frau am Ausgabeschalter stempelte sie als entlehnt für einen Monat ab, und ich legte sie neben den Käse in meinen Korb.

Als ich heimkam, setzte ich mich an den Schreibtisch und blätterte in dem Buch nach der Seite über Parmigiano Reggiano. Das Buch beschrieb den Käse im Detail. Es behandelte den Herstellungsprozeß, wobei Wörter wie ›Abschäumung‹ und ›Gerinnung‹ vorkamen, sowie die Verwendung von Kesseln und Bottichen und wie die Schimmelpilze im Käse angesetzt und wie er gesalzen wurde. Als ich fertiggelesen hatte, war mir der Mund wäßrig geworden, und ich wußte, ich würde mit dem Probieren nicht bis zum Abendbrot warten können. Ich schnitt drei große Scheiben ab und begann gierig zu essen. Der Käse war üppig und lag fruchtig auf der Zunge.

Es war Nacht, und ich fuhr mit der Métro. Ich glaube, ich war schon eine ganze Zeitlang so gefahren. Die Stationen, die vorbeiwischten wie neonhelle Glasröhren, wirkten vertraut. Genauso die Menschen, die auf den Bahnsteigen standen und durch die Fenster hereinstarrten.

Ich lächelte den ganzen schönen Passagieren in meinem Waggon zu, und dann kam ein Mann zu meinem Platz und beugte sich herunter, so daß sein Gesicht ganz nah an meinem war. Er flüsterte mir sanft ins Ohr.

Einige Zeit später stellte ich fest, daß wir zu Fuß unterwegs zu einem Haus waren, das ihm, wie er sagte, in der Vorstadt gehörte.

Als wir dort ankamen, zeigte er mir sein Zimmer, das, abgesehen von einem Bett und verschiedenen achtlos über den Boden verstreuten Kleidungsstücken, leer war. Ich fühlte mich wohl in diesem Raum. Er roch nach frischer Farbe und war nicht mit Möbeln oder Krimskrams vollgestopft. Ich streckte mich auf dem daunenweichen Bett aus und sah zu, wie der Mann seinen Mantel auszog und über die Tür hängte. »Ich bin in einer Minute zurück«, sagte er und verschwand. Ich zog mich aus und lag auf dem Bett und wartete darauf, daß er zurückkam. Im Haus war es sehr still. Ich dachte, ich müßte das Geräusch von laufendem Wasser ausmachen können oder seine Schritte am Ende des Flurs, die auf mich zukamen, doch so angestrengt ich auch lauschte, im Haus war es still. Als er nicht wiederkam, stand ich auf und machte mich auf die Suche nach ihm. Wohnzimmer, Küche und Bad waren allesamt leer. Kurz darauf sah ich ein schwaches Licht unter einer Tür am anderen Ende des Hauptflurs durchscheinen. Ich drehte am Türknopf und schob sie ganz langsam auf. Im schwachen Licht von Kerzen, die im Zimmer verstreut aufgestellt waren, sah ich ein junges Mädchen, völlig nackt, das auf einem Bett in der Zimmermitte auf den Knien lag, die Hände an die Bettpfosten gefesselt und die Augen mit einem weißen Tuch verbunden. Der Mann, der mich hergebracht hatte, stand über ihr und zog einen blauen Seidenschal unsanft zwischen den Schenkeln des jungen Mädchens hin und her. Einen Augenblick lang sah ich wie erstarrt zu, wie der Rücken des Mädchens sich hob und senkte; die Muskeln in ihrem Körper spannten sich an vor Lust, wenn sie spürte, wie sich die weiche Seide an ihr rieb. Ich konnte beinahe sehen, wie feucht und dunkel die Lippen ihres Geschlechts waren, und wie offen für die Berührung mit der Seide. »Komm her zu uns«, sagte der Mann, und beim Klang seiner Stimme hob das Mädchen mit den verbundenen Augen den Kopf in meine Richtung. »Du kannst dich da drüben hinsetzen und zusehen und lernen«, sagte er und deutete auf einen Stuhl nahe dem Fußende des Bettes. Ich setzte mich nieder, wie man mich geheißen hatte, und sah zu, wie der Mann weiter die kühle blaue Seide über das Geschlecht des Mädchens zog und ihr Körper sich bäumte und in hypnotische Bewegung verfiel. Ich konnte spüren, wie mein Geschlecht feucht wurde und Erregung mich überkam. Ein Teil von mir wollte das Mädchen sein und ein Teil der Mann. Ich wollte der Mann sein und meine Hände auf die Hüften des jungen Mädchens legen und die Bewegung ihres Körpers spüren, wie er sich hob und senkte. Ich wollte das Mädchen sein und das Streichen der Seide spüren, die wieder und wieder durch mein Geschlecht gezogen wurde.

Ich stand auf und kauerte mich ans Fußende des Bettes, um von nahem zusehen zu können. Ich sah, daß sich auf den weißen Schenkeln des Mädchens kleine Schweißperlen gebildet hatten, und ich neigte den Kopf noch näher hin und begann ihre Haut zu lecken; ich schmeckte das Salz ihres Körpers, und dann hielt der Mann kurz inne und zog mich aufs Bett. Ich wußte, was ich brauchte. Ich war durstig, und ich beugte meinen Kopf nach unten und begann von den süßen Säften des jungen Mädchens zu trinken, leckte an ihrem dunklen samtigen Geschlecht, als würde ich eine überreife Frucht aussaugen, und während ich sog, fühlte ich mein eigenes Geschlecht anschwellen. Und dann spürte ich es, die Rohseide wurde zwischen meine Beine gelegt und dann begann der Mann über mir zu ziehen, erst sanft und dann heftiger, und mein ganzer Körper fühlte sich an, als würde er innerlich zusammenbrechen, nach unten sacken und durch mein pochendes Geschlecht, rot wie ein Rubin, ausschmelzen. Mein Zunge grub sich tief in das Mädchen, reckte sich noch nach dem letzten Tropfen ihrer Säfte, und ihr Körper wand sich vor Verzückung. Als ich den Kopf hob, konnte ich sehen, daß ihre Handgelenke blutiggescheuert waren, wo sie an ihren Fesseln gezerrt hatte. Ich trank wieder von ihr, diesmal schlug ich meine Finger ins Fleisch des Mädchens, grub und ritzte ihr meine Begierde in die Haut, bis ich schließlich spürte, wie die Seide zwischen meinen Beinen herausgezogen wurde, und sofort ließ ich mich erschöpft aufs Bett fallen und schloß die Augen.

Als ich sie wieder aufschlug, strömte durch die Fenster Licht herein. Ich blickte mich um, in die Sonne blinzelnd. Das Mädchen lag nicht mehr auf dem Bett, das Zimmer war leer. Ich stand auf und ging in das Zimmer zurück, in dem ich mich die Nacht zuvor ausgezogen hatte. Meine Kleider lagen so auf dem Bett, wie ich sie zurückgelassen hatte. Als ich mich angezogen hatte, ging ich durchs Haus und versuchte den Mann und das Mädchen ausfindig zu machen, doch wo immer ich nachsah, alles bestätigte meine Befürchtung, daß nicht nur sie nicht da waren, sondern das ganze Haus leer war. Es gab keinerlei Anzeichen dafür, daß überhaupt jemand hier wohnte. Kein Zimmerschmuck, keine Kleider im Schrank oder Handtücher im Bad. Es war eine leere Schale: vielleicht ein Haus, in dem nie jemand gelebt hatte.

In der Nacht zuvor waren wir durch die Hintertür hereingekommen, und durch diese Tür entschloß ich mich zu gehen. Sie fiel mit einem Klicken hinter mir zu, und ich fand mich in einem ummauerten Hof wieder, der ebenfalls leer war, außer daß auf den weißen Pflastersteinen in der Mitte der blaue Schal lag, den ich in der Nacht vorher gesehen hatte. Ich ging ans Tor und rüttelte an der Klinke, doch im Herzen hatte ich schon gewußt, es würde versperrt sein. Es gab nach vorne und nach hinten keinen Ausweg. Ich saß in der Falle.

Ich hob den Schal auf und drückte ihn an mein Gesicht.

Die Sonne stand niedrig am Himmel, und an den Wänden tanzten lange Schatten. Ich war wieder einmal müde. Es schien, als würde ich mich im Schlaf nie wirklich ausruhen, und mir fiel auf, daß ich mich beim Aufwachen jedesmal ein Stück lethargischer fühlte. Ich wollte mich wieder hinlegen und schlafen, doch ich wußte, mein Körper würde mir diesen Luxus nicht gestatten, also stand ich statt dessen auf und stellte mich vor den Spiegel. Es war ein Ritual geworden; als würde ich ohne die Rückmeldung durch den Spiegel nicht mehr existieren. Ich fühlte mich völlig ungestalt in meinem Körper. All die Sachen, die ich zu tragen gewohnt war, die kleinen weißen T-Shirts, die kurzen Sommerröcke, die beim halben Schenkel aufhörten, meine Jeans, alles schien jemand anderem zu gehören, und wie zur Bestätigung dieses Umstands, als hätte ich eine gebraucht, spürte ich von innen ein entschiedenes Treten. Das Baby bewegte sich, und der Tritt ließ mich auffahren, als wäre ein Stromstoß von einem Volt durch meinen Körper gegangen. Der Ausdruck von Überraschung auf meinem Gesicht war mit Händen zu greifen. Ich machte große Augen und mußte lächeln über mein Spiegelbild.

Ich beneidete das Kind in seinem finsteren, wäßrigen Sack und dachte an die Zeit zurück, als ich mit sieben eine Höhle am Meer entdeckt hatte, und an den Tümpel tief darin; wie dunkel er mir vorgekommen war, als ich an seinem Rand stand und mir all die seltsamen Fische vorstellte, die da tief unten schwimmen mußten. Ich bekam Angst und lief hinaus ins blendende Licht, um meine Mutter zu suchen. Nun, als ich vor dem Spiegel stand, stellte ich mir mein Kind in einem solchen Tümpel schwimmend vor; ungesehen, vor Hitze und Licht geschützt, und ich wollte zu ihm hinein, meine Mutter zurücklassen und in dem Tümpel in den Tiefen der Höhle schwimmen.

EMMENTALER

Außen seidig weich, innen blaßocker
mit kugelrunden Löchern, die
gleichmäßig verteilt und nicht
zu nahe aneinander sein sollten.
Dieser Käse hat einen ausgeprägten,
leicht süßlichen Geschmack und
neigt zum Schwitzen.

Als ich fand, daß es Zeit dafür war, machte ich einen Termin für eine Ultraschalluntersuchung im Krankenhaus. Ich nahm einen der silberfarbenen städtischen Busse, da es ein weiter Weg war, und setzte mich einer alten Frau in einem schwarzen Umhängetuch gegenüber, die mich über ihren Einkaufskorb hinweg anstarrte. Trotz des Gestanks von Benzin und Staub war ich sicher, einen starken Fischgeruch wahrzunehmen, und erst dachte ich, er käme aus ihrem Korb, aber als ich zum Aussteigen aufstand, konnte ich sehen, daß ihr Korb leer war. Sie lächelte zu mir hoch, während ich auf sie hinunterstarrte, und ihr Gesicht furchte sich wie trockene Erde.

Das Krankenhaus war ein hohes weißes Gebäude am Ende eines von Bäumen eingesäumten Platzes mit Läden und Cafés. Die Mitte des Platzes war mit weißem Sand ausgestreut, mit Sitzbänken für Patienten und Einkäufer. Um diesen Bereich herum spielten Gruppen von kleinen Kindern. Andere Kinder saßen auf dem Boden und hatten alte Zeitschriften und Schlüsselanhänger mit emaillierten Bildchen von Jesus und der Jungfrau Maria und warme Dosen mit Limonade zum Mitnehmen für die Besucher vor sich im Staub ausgelegt.

Als der Bus mich absetzte, war es später Nachmittag, und das Gebäude warf einen unförmigen Schatten auf den Platz. Die Stadt hatte sich in eine gigantische Sonnenuhr verwandelt, und ihre Gebäude zeigten die Stunden an. Ich stand im Vier-Uhr-Schatten und sah mich um. Das Krankenhausgebäude war in der Hitze abgeblättert, und unter dem weißen Anstrich konnte man eine frühere Schicht Rosa sehen, wie Haut. Als ich so dastand, kam ein junges Mädchen, nicht älter als dreizehn oder vierzehn, auf mich zu, einen Strauß halbverwelkter Blumen in den Arm geklemmt. Sie war sehr dünn mit großen blauen Augen, die durch ihre Magerkeit nur umso größer wirkten.

»Wollen Sie welche kaufen?« fragte sie, streckte mit einer knochigen Hand einen Strauß Spinnenlilien zu mir hoch und lächelte. Sie hatte ein Baby auf den Rücken geschnallt, dessen großer bleicher Kopf schlaff auf ihr herumkullerte, als wäre dem Kind das Rückgrat durchtrennt worden. Speichel lief ihm aus dem Mund. Ich gab ihr etwas Geld und nahm ihr den Blumenstrauß ab, und sie ging wieder zu ihren Freunden, die am Rand des Platzes in einem Haufen beinanderstanden. Von hinten sah sie aus wie eine der gebückten alten Frauen, die durch die Straßen ziehen und betteln.

Drinnen im Krankenhaus war es nach dem Licht der Stadt kurz kühl und dunkel. Ich ließ mir von einer Schwester an der Aufnahme den Weg erklären, und folgte dann einer Reihe von Hinweisschildern, die mich über eine Steintreppe in den zweiten Stock und danach in einen fast ausgestorben wirkenden Flur führten. Zusammengerollte Schläuche hingen in regelmäßigen Abständen an den Wänden und darunter standen große rote Eimer mit Sand, auf denen ›Feuer‹ stand. Ich fragte mich, ob die Verbrennungsöfen des Krankenhauses in Betrieb waren und wie viele besudelte Laken und blutige Handtücher sie pro Tag verbrannten. Die Ärzte oben waren wie Götter, während unten die Feuer loderten. Irgendwo weit weg surrte eine Fliege wie rasend an einer Fensterscheibe.

Schließlich fand ich das Zimmer mit der Nummer, die auf meiner Vormerkkarte stand, und trat durch eine schwere Schwingtür ein.

Ich saß allein im Wartezimmer und sah mir die Plakate von schwangeren Frauen an, die an die Wände geklebt waren. Alle diese Frauen waren in verschiedenen Stadien der Schwangerschaft – ihre Körper schwellend und in Aufwallung, während sie auf das Signal für die nächste Umstellung warteten. Meine Schwester hatte gemeint, wenn man erst mal das zweite oder dritte Kind bekam, ließ man sich von jedem die Hand reinstecken, aber diese Frauen wirkten alle so heiter und unversehrt, als hätte noch nie einer auch nur einen Finger an sie gelegt.

»Sie können jetzt reingehen«, sagte eine Schwester, die den Kopf durch eine der drei Türen hereinsteckte, die aus dem Wartezimmer führten. »Dort hinein«, deutete sie.

Ich zog mich hinter einer weißen Trennwand aus und schlüpfte in einen dünnen grünen Kittel, der über der Lehne eines Stuhls in der Kabine hing. Als ich hinter dem Vorhang hervorkam, wusch der Arzt sich eben die Hände. Er sagte mir, ich solle mich auf den Untersuchungstisch legen, und dann schob er meinen Kittel hoch, so daß ich unten herum nackt war. Er ging ans andere Ende des Raumes und nahm eine Tube, die auf einem Tisch lag, schraubte den Verschluß ab und drückte ein wenig durchsichtiges Gel auf seine Handfläche.

»Ich werde Ihnen damit den Bauch einreiben« sagte er, stellte sich wieder neben mich und hielt mir die Hand hin, damit ich es sehen konnte. »Es wird ziemlich kalt sein.«

Er legte seine Handfläche auf meine Haut und verrieb es mit kleinen kreisförmigen Bewegungen. Dabei konnte ich unter seiner Hand fühlen, wie groß mein Bauch war. Seine wahre Größe erhob sich wie eine riesige Kuppel vor mir. Wenn ich allein war und auf dem Bett lag oder vor dem Spiegel stand, gefiel mir seine Form und Größe und daß meine Haut glatt und straffgespannt war wie ein weißer Ballon. Das Kind formte mich und ich das Kind, und dieser Austausch war ein Geheimnis zwischen uns beiden, doch hier in diesem Raum, mit meinem entblößten Bauch und vor dem Arzt, fand ich es obszön. Das Kind war mein heimlicher Freund, einer, wie er in Büchern vorkommt, einer, wie ihn einsame Kinder haben, einer, wie es ihn nicht wirklich gibt.

»Müssen wir es uns ansehen?« fragte ich.

»Es passiert ihm nichts dabei.«

»Ich will eigentlich nicht, daß wir hinsehen. Es kommt mir unfair vor«, sagte ich, »als ob wir es ausspionieren würden.«

»Ich muß einen Blick darauf werfen. Wenn Sie wollen, können Sie ja die Augen zu lassen. Und jetzt«, sagte er mit seiner mechanischen Stimme, »werde ich diese Scheibe auf Ihren Bauch legen.«

Mir selbst zum Trotz stemmte ich mich auf den Ellbogen hoch, damit ich besser auf den Monitor sehen konnte.

»Diese Maschine«, sagte der Arzt und tätschelte den Metallkasten, »Fischer benutzen was ganz Ähnliches, um Fischschwärme aufzuspüren, und dann werfen sie die Netze aus und ernten sie ab wie Früchte.« Er drückte einen Kippschalter, und sofort sah ich eine ganze Reihe von umschatteten silbrigen Flecken durch meine Bauchhöhle flimmern. »Lachs oder Seezunge?« witzelte der Arzt matt.

»Das ist es? Sieht aber unwirklich aus.«

»Sehen Sie genau hin. Können Sie das sehen, das ist der Kopf, das da ist ein Arm und da sind seine Füße.«

»Ja«, sagte ich, langte hinüber und berührte das warme Glas mit den Fingern. Es war, als würde man ein Bild ansehen, das jemand von einem Geist aufgenommen hatte und das man sich erklären lassen mußte.

»Es ist wirklich da, nicht?«

»Natürlich ist es da. Sehen Sie sich doch Ihren Bauch an.«

Ich entschied mich absichtlich für den langen Heimweg, damit ich noch beim Käseladen reinschauen konnte. Ich ging durch die Straßen mit ihren frühabendlichen Küchengerüchen, die durch die offenen Fensterläden herauswehten. Das Aroma von gekochtem Fleisch und brutzelndem Fett vermischte sich mit dem von Kaffee und Zigaretten und lag in der Luft zusammen mit all den anderen Dämpfen, die die Stadt in den vergangenen paar Monaten ausgeatmet hatte und die sich Schicht um Schicht ansammelten. Der Himmel verfärbte sich von Blaßblau ins Dunklere, mehr Violette.

Ich kam zu der Brücke über den stinkenden Fluß und begann sie zu überqueren. Das Wasser war wieder auf dem Tiefststand und wirkte dickflüssig von öligem Schmutzwasser. Es sah mehr aus wie ein stehender Tümpel oder eine Kloake als wie ein Fluß, der sich mit der Zeit veränderte, und man konnte große Wolken von Mücken darüber flirren sehen. In der Brückenmitte hatte sich eine kleine Menschenmenge versammelt und beugte sich über den Rand, offensichtlich um bei irgend etwas zuzusehen, was sich unten abspielte. Ich ging näher, und dabei kam mir eine junge Frau entgegen, die den Schauplatz eben verließ. Sie erinnerte mich an Fotos meiner Mutter. Sie trug einen Schal um den Kopf, genau wie meine Mutter früher, und hatte zwei kleine Kinder dabei, die mich beim Näherkommen anlachten.

»Was ist los?« fragte ich, als sie an mir vorbeiging.

Sie blieb stehen und wandte sich mir für einen Augenblick zu. »Jemand hat 'ne Leiche gesehen. Sie suchen den Fluß ab.«

»Sie holen sie rauf?«

Die Frau nickte. »Wahrscheinlich ein Selbstmord. Ich hab mal gesehen, wie sie ein Pferd rausgefischt haben. Ohne Beine«, sagte sie, während sie schon eilig weiterging.

Ich sah zu, wie die kleine Gruppe verschwand, die Kinder wurden von der Mutter mitgezogen wie kleine Hunde. Meine Neugier war geweckt, ich ging hin und stellte mich neben die übrigen Zuschauer.

Unter uns trieb ein Polizeiboot auf dem flachen Wasser des Flusses, und ich sah zu, wie zwei Uniformierte etwas, das aussah wie ein langes Tau, ins Wasser ließen. Am Ende war ein vierarmiger Haken, und ich mußte einfach an die

Männer denken, die an den Flußbänken unter den Kastanienbäumen fischten. Wenn es regnete, spannten sie bunte Schirme auf, und an manchen Tagen zog sich ihre Reihe über Meilen. Keiner von ihnen sprach mit dem anderen, sie saßen bloß da und starrten aufs Wasser, und ich habe nie gesehen, daß einer von ihnen irgendwas fing, doch sie kamen Sonntag für Sonntag wieder, um ihre Angeln auszuwerfen und zu sitzen und zu warten.

Nun sah ich zu, wie die Polizisten das Tau einholten und dann wieder auswarfen. Offenkundig konnten sie da unten im Wasser etwas erkennen, was wir nicht ausmachen konnten, doch sie konnten es nicht bergen. Sie warfen das Tau mehrere Male aus, und dann plötzlich rief der Mann, der das Tau hielt, dem anderen etwas zu, und wir konnten alle sehen, daß es sich gestrafft hatte. Der Mann signalisierte seinem Kollegen, er solle anfangen, es mit einer Seilwinde, die an Deck montiert war, einzuholen. Auf der Brücke hatten sich noch mehr Leute angesammelt, und ich sah, daß einige ans Flußufer hinuntergegangen waren und an der Uferkante saßen wie bei einem Picknick.

Das Licht wurde schwächer, und das Wasser sah schwarz und trübe aus. Es schien ewig zu dauern, das Etwas am Ende des Taus nach oben zu bringen, als wäre der Fluß von grundloser Tiefe oder der Körper zu schwer, um ihn aus dem Wasser heraufzuziehen, und die ganze Zeit standen wir da und sahen zu. Ich hörte Gemurmel um mich herum. Die Leute mutmaßten, wie er wohl aussehen werde, ob Mann oder Frau, alt oder jung, und dann plötzlich gab es einen Aufschrei, und der Körper tauchte auf, mit einem Ruck an einem Fuß aus dem Wasser gehievt, nackt, blau und algenumschlungen. Er hing in der Luft, eine Trophäe für die uniformierten Fischer, seine Arme und Beine baumelten herab, und wir alle standen da und starrten schweigend hin. Alles, was man sagen konnte, war, daß es eine Frau war.

Ich ging auf der Brücke ein Stück weiter und beugte mich so weit nach vorn, wie ich konnte. Es war unmöglich, ihr Gesicht zu sehen, aber als ich dort stand, ruckte einer der Polizisten an dem Tau und die Leiche drehte sich um fast neunzig Grad. Ich wollte sie mehr aus der Nähe sehen. Ich wollte ihr Gesicht sehen, es genauer betrachten, aber aus dieser Entfernung und im Dämmerlicht des Abends war das unmöglich. Nun zogen die Polizisten Schutzmasken über Nase und Mund. Sie begannen die Leiche auf eine Trage an Deck herabzulassen. Einer von ihnen, der Handschuhe trug, packte sie an den Schultern, und dann wurde sie hingelegt und mit einem weißen Laken zugedeckt. Ich konnte sehen, wie das Wasser durch den Stoff sickerte und die groben Körperumrisse erkennbar machte, wie bei einer halbfertigen Tonskulptur, die man unter einem feuchten Tuch weich hielt. Das Boot fuhr los. Sie würden sie ins städtische Leichenschauhaus bringen, ein Schild dranhängen und sie dann an einem kalten dunklen Ort verstauen, bis es Zeit für das Begräbnis war. Ich hielt immer noch den Bund Blumen im Arm, den ich vor dem Krankenhaus gekauft hatte. Jetzt warf ich sie hinunter aufs Wasser, wandte mich dann von der Szene ab und ließ den kleinen Menschenauflauf hinter mir.

Obwohl es spät war, hatte der Käseladen noch offen, und als ich eintrat, bimmelte die Glocke, und der kühle, moosige Geruch ließ ein Prickeln durch meinen Körper laufen. Ich hatte gehofft, den Besitzer wiederzusehen. Seit meinem ersten Besuch war ich mehrmals wieder dagewesen, und wir hatten uns bei mehr als einer dieser Gelegenheiten miteinander unterhalten. Seine Name war Monsieur Montasio. Bei jedem unserer Gespräche brachte er mir etwas Neues über Käse bei.

An diesem Abend schien der Laden verwaist zu sein: Niemand bediente, und ich war die einzige Kundschaft. Ich ging umher und atmete die kühl-scharfe Luft, und dann hörte ich das Geräusch von Stimmen. Mehrere Leute redeten und lachten, und dann hörte das Reden auf und es war still. Ich ging zur Tür, denn ich dachte, ich sollte wohl gehen, als plötzlich der Kopf des alten Mannes hinter der Ladentheke auftauchte.

»Ich war unten«, sagte er zur Entschuldigung. »Wir machen gerade unseren eigenen Käse. Tut mir leid. Wir hätten abschließen sollen«, und während er sprach, wurde er nach und nach größer.

»Sie machen hier im Laden Käse?«

»Im Keller«, sagte er und deutete auf den Boden hinter dem Tresen, wo ich mir eine Falltür vorstellte. »Nur ein paar Stück. Das meiste da unten ist für Lagerzwecke.«

»Könnte ich was davon kaufen?«

»Er ist noch nicht fertig. Vielleicht in ein paar Wochen. Er muß reifen.«

Der alte Mann ließ mich verschiedene Käse kosten, und schließlich entschied ich mich für einen Schweizer Emmentaler, den er mir empfahl.

»Sehen Sie die Löcher?« sagte er und hielt den Käse für mich in die Höhe. »Wann ist ein Loch kein Loch?«

»Wenn's 'ne ganze Hälfte ist«, sagte ich.

»Ah, Sie kennen den Witz. Nun, für die meisten Leute ist ein Loch ein Loch, aber das stimmt natürlich nicht. Seien Sie ein Detektiv und kennen Sie ihre Beute! Schnüffeln Sie an Ihrem Käse wie ein wahrer Käsespürhund. Ein Emmentalerloch sollte rund sein und ungefähr die Größe eines Augapfels oder einer großen Bleikugel haben. Kennen Sie die richtigen Löcher, und Sie werden den richtigen Käse finden. Mißdeuten Sie die Zeichen, und Sie nehmen einen Hochstapler mit nach Hause«, sagte er, legte den Emmentaler weg und wusch sich unter einem Wasserhahn die Hände. Danach trocknete er sich die Hände ab, nahm dann vorsichtig den Emmentaler und legte ihn auf ein dickes Holzbrett. Er nahm ein Stück Draht und legte es über den

Käse und maß den Schnitt präzise aus. »Ich laß es Sie wissen, wenn unser Käse fertig ist«, sagte er.

Als ich heimkam, ging ich in die Küche, packte den Emmentaler aus und schlug in meinem Buch nach. Wieder gab das Buch eine recht gute Beschreibung des Käses, doch es waren bestimmte Wörter, die sich in meinem Kopf festsetzten und mich beim Lesen hungrig machten. Gerinnen, abkochen, auspressen, reifen. Wörter, die einem auf der Zunge zergingen. Und die ganze Zeit, während ich las, vertilgte ich große Brocken Emmentaler. Der salzige Geschmack füllte meinen Mund aus, und ich rollte den Käse auf der Zunge und ließ sein Aroma in mich einströmen.

Diesmal dachte ich beim Hinlegen an den Frauenkörper im Leichenschauhaus und seine milchig fahle Haut, die sich langsam zersetzte, und dann dachte ich an den Keller im Käseladen und an den alten Mann und seine Leute, die sich in der schimmelig duftenden Stille versammelten, Milch ansetzten, abrinnen ließen, in der gewaltigen flüssigen Masse rührten und ihr Gold herstellten. Ich konnte die Milch beinahe tropfen hören, wie sie in die metallenen Eimer träufelte …

Ich fand mich wieder, wie ich durch einen, wie ich glaubte, Vergnügungspark schlenderte. Ich fragte eine Frau, die an mir vorbeiging, wo ich war, und sie antwortete, daß wir durch die Wassergärten der Dritten Kaiserin gingen. Ich wollte noch weiter mit ihr reden, doch sie sagte, sie müsse ihre Kinder suchen, und tauchte eilig wieder in der Menge unter.

Ich schlenderte zwischen den Leuten umher und sah zu, wie sie um mich hin- und herströmten wie die Gezeiten. Ihre Wiederspiegelungen schimmerten auf den vielen Teichen, die von prasselnden Fackeln erhellt waren, und der Geruch von Feuer erfüllte die Luft. Ich erhaschte kurze Blikke auf Gesichter, die ich kannte, und ein Gesicht tauchte insbesondere vor mir auf, das eines Mannes. Ich ging vorsichtig auf ihn zu, doch als ich das tat, setzte auch er sich in Marsch, jedoch in die entgegengesetzte Richtung. Ich folgte ihm, versuchte ihn nicht außer Sichtweite kommen zu lassen, doch so schnell ich auch ging, ich konnte ihn nicht einholen. Zeitweise verlor ich ihn überhaupt aus dem Blick, und inmitten dieser Menge dachte ich, ich würde ihn nie wiederfinden, aber immer, wenn ich es am wenigsten erwartete, tauchte er in einiger Entfernung wieder auf. Ich sah ihn dann mit einem Kind spielen oder mit einem Unbekannten reden.

Ich sah zu, wie Liebespaare Hand in Hand spazieren gingen und zum Feuerwerk hinaufguckten, das helle Streifen in den Himmel zog und ihn mit tausend Sternen füllte. Jung und alt, alle nickten und lächelten, und der riesige milchweiße Mond schien von den fernen Bergen auf sie herab und übergoß sie mit dem Licht, mit dem die Sonne ihn übergoß.

Schließlich kam ich zu einem Stand, der aufgebaut war wie eine kleine Theaterbühne. Darüber hing ein Schild mit kunstvollen Goldlettern, auf dem ›Liebliche Flöten‹ stand, und auf einem niedrigen Schemel auf der leicht erhöhten Tribüne saß ein junges japanisches Mädchen.

Das Gesicht des Mädchens war zur Seite geneigt und clownweiß mit riesigen grünen Fischaugen. Ihr Oberkörper war in ein Wickelgewand aus Seide gehüllt, das über die Knie hochgezogen war, um ihre Beine und die kleine Öffnung ihres Geschlechts zu entblößen. Ich konnte ihre weißen Kniestrümpfe sehen und dann die Haut ihrer Schenkel und das kleine Dreieck dichten dunklen Haars.

Sie lehnte sich zurück, stützte sich mit den Händen hinten auf den Boden und spreizte die Beine, und es war, als wäre eine Blume aufgegangen, denn sie hatte an dieser Stelle eine Rose in voller Blüte eintätowiert. Ich konnte die beiden vollkommenen, rosa Hautfältchen wie verfärbte Blütenblätter in der Mitte sehen.

Vor ihr stand eine Reihe von Männern, und ich sah wieder den Mann, den ich verfolgt hatte, nur ging ich nicht auf ihn zu, sondern stellte mich auf die Seite, um die Szene mitanzusehen.

Der erste Mann in der Schlange stand direkt vor ihr und nahm von einem Tisch, auf dem eine Reihe von hohlen Bambusrohren in verschiedenen Größen lag, ein besonders dikkes und langes. Er hielt das eine Ende an die Lippen, während er das andere so nah wie möglich an das offene Geschlecht des Mädchens führte, ohne es freilich zu berühren. Der Mann ging leicht in die Knie und blies, und das Mädchen begann die Hüften zu schwenken, wie um dem Kitzel des Atems zu folgen, der durch die Flöte geblasen wurde. Ich konnte sehen, wie sich ihre Schenkelmuskeln bewegten, und ich wollte meine Hände darauflegen und jeden Muskel befühlen, wie er sich spannte und bewegte. Ich wollte den Pulsschlag ihres Blutes und ihres Körpers spüren. Der Mann blies fester, und der gesamte Körper des Mädchens wand sich um den Luftstrom herum wie eine Schlange zum Klang einer Flöte. Ich konnte sehen, daß die Öffnung ihres Geschlechts feucht vor Verlangen war und mit jedem Luftstoß größer zu werden schien. Sie sah innen so warm aus. Der Mann lenkte sie mit der Flötenspitze und der Wärme seines Atems, und schließlich fing das Mädchen durch den kitzeligen Hauch zu kichern an. Der Schwanz des Mannes war hart und straff, seine Erektion wölbte sich unter seiner Hose, doch sobald das Mädchen gelacht hatte, gab er sofort die Flöte an den nächsten in der Reihe weiter und verschwand in einem kleinen roten Zelt, das an einer Seite der Bühne stand.

Ich sah insgesamt elf Männern zu, wie sie eine Flöte auswählten und versuchten, das Mädchen auf diese Art zum Lachen zu bringen. Dreien gelang es, und jeder von denen ging weiter in das rote Zelt, während die übrigen in der Menge verschwanden, und dann spürte ich, wie jemand mir auf die Schulter tippte, und als ich mich umdrehte, stand eine alte Frau vor mir.

»Möchten Sie auch rein?«

»Ja«, sagte ich, und sie nahm mich an der Hand, führte mich an die Rückseite des Zelts und zog mich hinein. Mädchen knieten in einer langen Reihe auf dem Boden, und vor ihnen stand eine Trennwand mit runden Löchern in verschiedenen Größen, jedes in Hüfthöhe. Die Mädchen leckten und saugten an Schwänzen, die durch die Löcher gesteckt wurden, manche davon waren dick und stämmig, andere lang und dünn.

»Die Mädchen haben alle ihre Präferenzen«, sagte die Frau. »Ich messe sie beim Reingehen ab.« Und während sie das sagte, zog sie ein langes Maßband aus der Tasche.

»Und Sie?« fragte sie. Ich deutete mit den Händen die Größe an, nach der es mich verlangte, und sie führte mich zu einem Loch nach etwa drei Viertel der Länge der Trennwand, wo ich mich in den Staub kniete und wartete. Schließlich beobachtete ich, wie die Spitze eines Schwanzes sich durch das Loch schob, anfangs nervös, als wollte sie erst nachsehen, was dahinter lag. Ich berührte die glatte runde Eichel mit meiner Zungenspitze und spürte sofort, wie er mit mehr Nachdruck durchgeschoben wurde. Ich legte die Hände gegen die Trennwand, lehnte mich mit dem Kopf dagegen und ließ meine Zunge über den langen erigierten Schaft gleiten. Ich wußte, daß auf der anderen Seite der Mann war, den ich verfolgt hatte, daß er es war, den ich in den Mund nahm und aussaugte, und ich stieß hart gegen die Wand, als ich über seinen Schwanz hinabtauchte und meine Zunge an der straffen Haut rieb, bis schließlich die Flüssigkeit sich ergoß und ich von der anderen Seite der Wand ein Stöhnen hörte wie im Tod.

Draußen standen Männer noch immer Schlange, und das kichernde Mädchen saß ruhig da und wartete darauf, daß der Nächste in der Reihe sich eine Flöte nahm. Ich stand an der Vorderseite des Zeltes neben der Plane, durch die ich die Männer hatte hineingehen sehen, und wartete darauf, daß der Mann, den ich verfolgt hatte, auftauchte, doch er kam nicht. Statt dessen humpelte ein Krüppel heraus, mit einem Höcker auf dem Rücken wie ein Buckliger und das Gesicht zu einem Grinsen verzogen.

ROQUEFORT

Ein Schafmilchkäse mit stark pikantem Aroma, manchmal mit Lab aus der Magenschleimhaut von Schafen hergestellt. Die grünlichblaue Äderung muß durch den ganzen samtigen Teig verzweigt sein und gibt dem Käse eine dunkle, herbe Qualität. Sie sollten keinen Roquefort kaufen, der farblich ins Graue geht oder wäßrigen Schimmel hat.

Während mein Leib stetig größer wurde, hielt mein Verlangen nach Käse an, und meine Gier nach würzigeren, penetranteren Käsen nahm zu. Ich aß Käse zu Mittag und legte mich jeden Nachmittag hin, um auszuruhen. Richtiger Schlaf war illusorisch. Ich sprach mit meinem Arzt und er gab mir Eisentabletten zum Einnehmen, aber es war schon so weit, daß das einzige, was mein Körper über meine Zunge hinabließ, Käse war, und selbst wenn ich es schaffte, ein oder zwei Tabletten zu schlucken, schienen sie nicht zu helfen. Schließlich warf ich das Fläschchen weg.

Der alte Mann war sehr mitfühlend und ließ mich immer ausruhen, wenn ich bei ihm im Laden war. Er sah, wie müde ich war. An einem besonders heißen Tag, schaute er mich beim Hereinkommen an und schüttelte den Kopf.

»Sie sind heute zu müde, um irgendwas zu sich zu nehmen. Berthe«, sagte er zu dem jungen Mädchen hinter dem Tresen, »geh und hol bitte den Stuhl von oben.« Ich hörte sie die Treppe hinaufsteigen, und nur Augenblicke später kam sie wieder und brachte einen schönen Holzstuhl, den er hinten im Laden in eine Ecke stellte. »Das ist Ihr Stuhl«, sagte er. »Nur für Sie.« Und jedesmal, wenn ich danach den Laden besuchte, wurde ich von ihm oder Berthe oder einem der Jungen dorthin geleitet. Sie legten sogar ein Kissen drauf, um es mir bequemer zu machen.

Der alte Mann brachte mir über die Monate viel bei. Welche Käse zu welcher Jahreszeit am besten waren, welchen Wein man zu welchem Käse trank, wie man einen guten Ziegenkäse von einem schlechten unterschied und einen guten Chaumont von einem, der ungenießbar war.

»Worauf man beim Roquefort achten muß, das ist die Verteilung des Schimmels. Prüfen Sie, wie weit sich der

Schimmel in der Käsemasse ausgebreitet hat. Stellen Sie sich einen Pfau vor, der ein Rad schlägt, und wie das Blau sich in der Sonne auffächert. In der Mitte ist der Vogel selbst. Bei Käse ist es dasselbe. Die Reifung sollte in der Mitte begonnen und sich bis an den Rand fortgesetzt haben«, sagte er und blickte hinunter auf meinen Bauch. »Es ist wirklich nicht so viel Unterschied. Ihr Kind wächst ja auch in Ihnen.«

»Das sollte wohl besser nicht schimmelig werden.«

»Aber Ihr Blut rinnt durch seine Adern. Und umgekehrt. Reifung ist wie ein Anschwellen. Physisch, emotional, beim Essen. Das ist alles dasselbe.«

»Und was passiert dann?«

»Das Kind wird geboren. Wir essen den Käse. Das ist eigentlich nicht so wichtig. Die Reifung ist weder der Anfang noch das Ende, aber wenn sie gutgeht, steht am Ende immer die Aussicht auf etwas Besseres. Ein wäßriger Brie, jeder Käse, der zerläuft, ist für niemand ein Genuß. Übermäßige Reifung. Wann soll Ihr Kind kommen?« Ich mußte lachen, und der alte Mann lächelte. »Sie haben nie über den Vater gesprochen?«

»Er ist nicht da.«

»Würden Sie wollen, daß er's wäre?«

»Ich weiß nicht. Ich vermisse ihn.«

»Sie denken an ihn?«

»Ja, ich denke an ihn.«

»Sie reden im Geiste mit ihm. Sie wollen bei ihm sein. Stellen Sie sich vor, daß er wiederkommt?«

»Ja.«

»Wenn er's tut, gibt das guten Sex.« Der alte Mann lachte über meinen Gesichtsausdruck. »Sex ist immer gut, wenn man nicht weiß, ob es nicht das letzte Mal ist.«

»Das hat nicht sehr viel mit Käse zu tun.«

»Wenn es eine Käseknappheit gäbe, und Sie würden nicht wissen, ob der Käse, den Sie gerade essen, nicht das letzte Stück ist, das Sie je bekommen werden?«

»Er fehlt mir wirklich«, sagte ich. »Aber ich kann mich nicht entscheiden, ob er mir fehlt, weil er nicht da ist.«

»Angeblich ist das so.«

»Ja, und wenn sie dann wiederkommen, dann soll man glücklich sein, weil man sie nicht mehr vermissen muß. Der Hunger vergeht.«

»Und die Lust ist dahin?«

Ich nickte.

»Wie gesagt, übermäßige Reifung ist nicht gut. Wenn Sie mich jetzt entschuldigen«, sagte er, »ich hab unten noch zu tun.«

»Wie viele Käsesorten gibt's hier?« fragte ich den Albino, als der alte Mann gegangen war.

»Mehr als tausend«, sagte er. »Und jede Woche werden neue erfunden. Je kleiner die Welt wird, desto mehr Käse scheint es zu geben. Sie können sie nie alle probieren, aber versuchen Sie mal den Roquefort. Er ist der König der Käse.«

»Der König?«

»Er hat königlich blaues Blut in den Adern«, sagte er und deutete auf einen hohen zylindrischen Turm in der Mitte der Vitrine. Als der Junge den Käse anschnitt, konnte ich spüren, wie das Messer die Rinde spaltete und dann so leicht in den geschmeidigen Teig glitt, als ginge es durch mich hindurch. Er schnitt einen Keil in genau der richtigen Größe und hob ihn sachte heraus, so daß er auf der Messerklinge stand. Nun konnte ich in den Käse hineingucken und sehen, daß die Masse, von der sich die dunklere Rinde absetzte, von einer dünnen grünlich-blauen Äderung durchzogen war. Er war exakt so, wie der alte Mann den perfekten Roquefort beschrieben hatte.

»Roquefort ist der Käse des wahren Käseliebhabers. Seine Adern werden auch durch Sie laufen«, sagte der Junge und gab mir ein kleines Stück zum Kosten. »Probieren Sie ihn an der Zungenspitze. Genau hier«, sagte er, wobei er die Zunge herausstreckte und an die Spitze tippte. »Es ist sehr gut, nicht? Irgendwie ein komplexes Aroma. Monsieur sagt, jetzt ist der beste Monat für Roquefort.«

»Hat ihm der Laden immer schon gehört?«

»Nein. Der Laden gehörte früher Berthes Vater. Es hätte ihr Laden sein können, aber sie hat an Monsieur verkauft. Er war ein Freund der Familie und früher Tischler von Beruf. Bühnentischler am Theater.« Der Albinojunge blinzelte und reichte mir dann das Käsepäckchen.

Diesmal konnte ich nicht abwarten, bis ich mit dem Käse zu Hause war, und mußte im Park Rast machen, um ihn zu probieren. Ich fand einen Platz in der Nähe von einigen spielenden Kindern und setzte mich. Der Käse hatte bereits zu schmelzen begonnen, und ich schaufelte mit den Fingern ein großes Stück heraus und steckte es in den Mund. Ich spürte die weichen Schimmelfäden auf der Zunge, ihren durchdringend scharfen Geschmack, und es dauerte nicht lange und ich hatte das ganze Stück restlos aufgegessen; ich leckte sogar die Stellen auf dem Papier sauber, wo der Käse angeschmolzen und draufgeträufelt war.

Das Haus stand abgeschieden inmitten weitläufiger Wiesen, die sich bis zu den Hügeln erstreckten. Jemand hatte einen Scheiterhaufen errichtet, der drohend auf dem Rasen an der Rückseite des Hauses emporragte. Ich konnte ihn von meinem Versteck aus sehen. Wer immer ihn gebaut hatte, hatte Tage damit zugebracht. Man konnte sehen, wie Baumstämme über den Rasen geschleift worden waren, und zum Abschluß war eine kleine Sprossenleiter drangelehnt worden, die auf die Spitze des Haufens führte.

Ich stand auf Zehenspitzen, und auf diese Weise konnte ich durch die Blätter der Büsche, hinter denen ich mich versteckte, direkt ins Haus sehen. Auf einem Stuhl vor einem großen Spiegel saß eine Frau. Sie war jung, vielleicht Mitte zwanzig. Ihre Haut war glatt, und sie trug ihr blondes Haar zu einem Knoten gebunden, der nur ganz oben ihr Genick berührte. Neben der Frau stand ein kleiner Tisch. Das war alles.

Ein schwarzer Ford bremste in der kiesbestreuten Zufahrt und kam zum Stehen. Der Motor wurde abgeschaltet, und ein Mann stieg aus, und ich duckte mich ins Unterholz, bis er die Hintertür erreicht hatte und hineinging. Nach einigen Minuten stand ich auf, um durch das Fenster zu spähen; halb rechnete ich damit, daß die Frau aufgestanden und verschwunden war, aber sie war immer noch da und saß gleichmütig auf ihrem Stuhl.

Der Mann betrat das Zimmer. Ich konnte sehen, daß er in einer Hand eine kleine Schale hielt und ein blaues Handtuch und etwas Dunkleres über den Arm gehängt hatte. Die Frau drehte sich bei seinem Eintritt nicht um, sondern starrte weiter ihr Bild im Spiegel an. Ich konnte es nicht sicher sagen, aber ich glaubte nicht, daß sie sein Reinkommen auch nur wahrgenommen hatte.

Der Mann stand nun neben ihr. Er zog einen kleinen Gegenstand aus der Brusttasche seines Hemds. Es war ein Rasiermesser, und er ging daran, es auf einem Lederriemen auf und ab zu ziehen. Der Riemen war das andere, was er neben dem Handtuch über dem Arm getragen hatte. Er schliff das Messer. Als er fertig war, sah ich ihn das Messer weglegen und die kleine Schale in die Hand nehmen. Ich sah, daß seine Lippen sich bewegten, als würde er sprechen, und die Frau legte sofort den Kopf in den Nacken. Sie konnte sich immer noch im Spiegel sehen. Der Mann hob den Arm, und sie schloß die Augen. Ich sah seine Lippen sich wieder bewegen, und sofort schlug sie die Augen wieder auf. Dann nahm er einen kleinen Pinsel und begann ihr das Gesicht einzuseifen. Er zog den Pinsel über ihre bleichen Wangen und tupfte über ihrer Oberlippe. Er strich unter ihrem Kinn. Schließlich, als ihr Gesicht mit dickem, cremigen Schaum bedeckt war, legte er Schale und Pinsel beiseite und griff nach dem geschärften Messer.

Er hielt das Rasiermesser zwischen den Fingerspitzen hoch, so daß die Frau die silbern glänzende Klinge im Spiegel sehen konnte, und dann setzte er die Schneide auf ihrer Wange an und zog sie in einer einzigen, gleichmäßigen Bewegung nach unten. Er machte das mehrere Male, und jedesmal spürte ich, wie mir eine Gänsehaut den Rücken hinunterlief.

Als ihr Hals dran war, hielt er mit einer Hand ihren Kopf, während er ihr mit der anderen das Rasiermesser an die Kehle setzte. Ganz kurz fing er im Spiegel ihren Blick auf und dann ging er rasch hinter den Stuhl, kippte ihren Kopf zurück und zog das Messer über die straffgespannte Haut auf ihrem Hals. Der Mund der Frau öffnete sich, während die Klinge über ihre Haut fuhr, und ihre Hände klammerten sich an die Armlehnen ihres Stuhls.

Ich konnte sehen, daß der Mann erregt war. Er stieß das Mädchen vom Stuhl und schleifte es auf die Seite. Er hielt sie an den Haaren fest und legte sie mit dem Oberkörper auf den Sims unter dem Spiegel. Mit einer Hand hielt er sie unten, mit der anderen riß er ihren Slip herunter und knöpfte sich die Hose auf. Sein Glied war gänzlich erregt, und ich sah zu, wie er es in ihre Fotze schob, während er die ganze Zeit ihr Gesicht vor den Spiegel hielt und sie beobachtete, als er härter und härter in sie stieß und rammte und ihre weiche rosa Zunge herauszuckte und am Spiegel leckte. Dann sah ich ihn wieder nach dem Rasiermesser greifen, und ich beobachtete, wie er mit der Klinge ausholte und sie ihr dann rasch durch die Kehle zog. Sie sackte sofort nach vorn zusammen wie ein abgestochenes Kalb, ihre Beine knickten unter ihr ein, Blut spritzte heraus und traf den Spiegel, während gleichzeitig der ganze Körper des Mannes ruckartig gegen sie stieß und sie zucken ließ wie eine Gliederpuppe. Als er sich schließlich zurückzog, steckte er das Messer in die Tasche, schlang die Arme um die Hüften des Mädchens und hob es sich auf die Schulter. Ich konnte sehen, daß das Blut noch immer pulsierend heraussprudelte und das weiße Unterhemd des Mannes durchtränkte. Er brachte sie hinaus in den Garten, wo er sie auf den Scheiterhaufen legte und sich dann niederhockte, um ein Streichholz anzureißen. Als das Feuer entzündet war, ging der Mann weg.

Erst waren die Flammen klein wie leuchtende rotgelbe Tulpen, doch allmählich stiegen sie höher und begannen an Armen und Beinen des Mädchens zu züngeln, und ich konnte sehen, wie ihre Gesicht in der flirrenden Hitze zerschmolz und bis auf die Knochen verzehrt wurde.

»Magst du Feuer?« sagte eine Stimme hinter mir. Ich drehte mich um und sah den Mann vor dem Gebüsch stehen. »Von hier kannst du's ja nicht richtig sehen. Warum gehst du nicht näher hin«, sagte er und packte mich am Arm. Er führte mich über den Rasen und blieb dann in einiger Entfernung vom Feuer stehen. »Glaubst du, ist das genug?« fragte er.

»Ja, ich glaub schon.«

»Nein. Da irrst du dich«, sagte er und führte mich noch näher hin und blieb wieder stehen.

»Wie ist es so?«

»Von hier sieht man es gut«, sagte ich.

»Aber immer noch ein bißchen weit weg, würdest du nicht auch sagen? Besser noch näher ran.« Und er führte mich so nahe hin, daß ich die Hitze der Flammen auf dem Gesicht spürte und der Geruch von brennendem Fleisch mir in die Nase stach.

»Das ist eine gute Stelle« sagte er.

»Ja. Ja, die ist auch sehr gut.«

»Du kannst riechen, wie das Fleisch brennt, oder?«

»Ja, ich riech's.«

»Feuer ist reinigend. Es reinigt die Luft. Es tötet Unreinheiten ab. Leichen sollten niemals begraben werden. Sie treiben aus in der Erde. Feuer ist die Endlösung.«

Wir bewegten uns wieder vorwärts, und als wir diesmal innehielten, waren wir nur Zentimeter von den Flammen entfernt, die aus dem Inferno emporschlugen. Die Frau, die in der Mitte des Feuers lag, war nur mehr ein geschwärztes Skelett, und ich konnte ihre Knochen knackend bersten hören. Bald würde sie ganz verschwunden, ihr Körper zu Asche geworden sein.

»Asche ist weicher als Haut« sagte er. »Ist deine Haut weich?«

»Ja«, sagte ich.

»Weich genug?«

»Ja«, sagte ich.

Der Mann preßte sich an mich und dann rissen seine Hände von hinten mein Kleid auf. Er schlang die Arme um meine Hüften, um mich hochzustemmen, als er tief in mich eindrang. Ich versuchte mich loszureißen, seine Arme aufzuhebeln, und dann plötzlich erkannte ich, daß ich in dem Moment, in dem es mir gelang, in dem Moment, in dem ich einen Weg fand, ihn dazu zu bringen, seine Umklammerung zu lösen, direkt ins Feuer fallen würde. Ich hatte die Wahl.

Ich erwachte in eine enervierende Stille hinein. Die Kinder spielten nicht mehr. Niemand war da. Ich sah auf die Uhr, auf der es sechs am Abend war. Ich hatte mehr als drei Stunden auf der Bank geschlafen, und niemand hatte daran gedacht, mich zu wecken und zu fragen, ob ich krank war oder Hilfe brauchte. Vermutlich hatte man gedacht, ich sei eine Pennerin und die Bank mein Zuhause. Ich war sehr müde, mein Kleid war schweißnaß, und meine Haut war rot und brannte, wo sie der Sonne ausgesetzt gewesen war. Ich brauchte ziemlich lange für den Rückweg in meine Wohnung. Ich schlurfte schwitzend und erschöpft die Straßen entlang. Ich wollte nur mehr bis zu meinem Bett gelangen, mich hinlegen, die Augen schließen und einen tiefen Schlaf schlafen. Und doch wußte ich, wenn ich zu Hause ankam, würde sich in meinem Körper wieder das Verlangen melden. Es war ein Kreislauf ohne Ausweg.

Das war die Phase, in der die Bewegungen des Kindes weniger zu werden schienen. Nachdem ich es das erste Mal treten gespürt hatte, wiederholte es sein aggressives Tun mit scheinbarer Bosheit fast jeden Tag, aber dann ließ diese Bewegung nach. Ich glaubte, das Kind sei ruhiger geworden oder daß es vielleicht angefangen hatte, die Hitze zu spüren, und lethargisch geworden war wie seine Mutter.

GAMMELOST

Ein norwegischer Käse, der intensiv nach Wacholder riecht. Der Schimmel wird durch Anstechen mit langen Metallnadeln in den Käse eingebracht. Er ist von überwältigend kräftigem Geschmack mit stechendem Aroma und hinterläßt, sofern er nicht nur in geringen Mengen gegessen wird, einen unangenehm herben Nachgeschmack.

Ich ging durch die Stadt, aber ich erinnere mich nicht, wo ich war oder was ich sah. Die Stadt war mir entschwunden, und es waren meine Träume, an die ich mich erinnerte. Meine Welt verkehrte sich vollständig – die wachen Stunden verblaßten oder fielen mir nur bruchstückweise ein, die Traumstunden blieben bis in die kleinste Einzelheit und in wüsten, lebhaften Farben im Gedächtnis. Oder vielleicht verschmolzen beide Welten, aber ich konnte nicht mehr sagen, wo die Wirklichkeit aufhörte und die Träume anfingen. Der Sommer schleppte sich dahin; Juli, August, September. Ich trieb auf offener See, und die Linie am Horizont, an der das Meer aufhörte und der Himmel anfing, verwischte sich. Vielleicht war es auch immer schon so gewesen, und ich hatte es nur nie gemerkt.

Es war der heißeste Tag bisher. Zu Mittag stand das Thermometer bei zweiundvierzig Grad, die Luft war voller Fliegen, und der Gestank auf den Straßen hatte unerträgliche Ausmaße angenommen. Die Armee hatte Befehl erhalten, den Müll wegzuräumen. Die Soldaten fuhren nachts die Straßen ab und standen neben ihren LKWs, Pistolen um die Hüften gegürtet wie exotische Schmuckstücke. Es war reine Kosmetik. Der Gestank hielt sich in der Luft und war in Gebäude und Bürgersteige und in die Haut der Menschen eingesickert. Unsere Haut war porös, und wie der Käse sein Salz ausschwitzte, so nahm unsere Haut die ranzige, stinkende Luft auf. Der Geruch der Stadt war in unserem Schweiß, die Nachrichten sprachen von Wassermangel, und Verlautbarungen wiesen uns an, Badewasser mehrmals zu verwenden und keine Pflanzen zu gießen.

Das einzige, was noch Wasser enthielt, war der Körper, in dem ich lebte. In mir war ein geheimes Reservoir verborgen, das keiner anzapfen konnte, aber die Strafe für diese Heimlichkeit war, daß ich mich kaum noch rühren konnte, weil ich so schwer war, und meine Knöchel waren so geschwollen, daß das Gehen weh tat. Ich bewegte mich wie eine Schnecke und sehnte mich wie ein guter Christenmensch danach, daß meine Last von mir genommen werde.

An diesem speziellen Morgen entdeckte ich in einem meiner Schränke ein altes Maßband. Ich legte es mir um die Hüften, aber ich brachte die beiden Enden nicht zueinander. Ich war ein eigelber Kürbis, eine glänzende dunkle Aubergine, eine Pflanze, die sich langsam mit Flüssigkeit füllte, bis ihre dicke Haut am Aufplatzen war.

Nach dem Duschen verließ ich die Wohung und machte einen Spaziergang. Ich fand ein Café und saß draußen im Schatten eines großen grünen Sonnenschirms. Ich schloß die Augen. Als ich sie wieder aufschlug, sah ich an einem der Tische am anderen Ende Justine sitzen. Sie war mit einer Gruppe von Freunden da, redete und lachte, und ich saß da und sah zu, wie sie Kaffee und Kuchen bestellte, und dann kam ein Mann auf sie zu und küßte sie rechts aufs Gesicht. Schließlich drehte er sich in die Richtung um, in der ich saß, und starrte mich direkt an. Es war Serge.

Ich stand auf und winkte vom Tisch aus ein Taxi her, doch statt dem Fahrer zu sagen, er solle mich zu meiner Wohnung fahren, wies ich ihn an, mich in die Rue Trebec zu bringen. Ich wollte den alten Mann sehen. Als der Wagen losfuhr, drehte ich mich auf dem Sitz um. Durch meine Tränen hindurch konnte ich Serge auf dem Bürgersteig stehen sehen. Er hatte die Hände in den Hosentaschen und starrte dem davonfahrenden Wagen nach. Ich glaubte zu sehen, daß er die Achseln zuckte, und dann glaubte ich zu sehen, daß er lächelte.

Als ich hereinkam, stand Berthe hinter dem Ladentisch. Sie hatte sich angewöhnt, meinen Bauch anzufassen, wann immer ich den Laden besuchte, und das Ohr an mich zu drükken, weil sie glaubte, sie könnte dann das Herz des Babys schlagen hören wie eine afrikanische Trommel. »Schläft noch«, sagte sie dann immer. »Vielleicht hör ich's ja beim nächsten Mal, hm?«

Doch als ich diesmal reinkam, sah sie mich an und führte mich sofort zu meinem Stuhl.

»Was stimmt denn nicht mit Ihnen?«

»Ist er da?«

»Ich werd ihn holen«, sagte sie. »Passen Sie nur auf den Laden auf.«

Sie verschwand nach hinten, und Augenblicke später kam der alte Mann die Treppe herunter.

»Kommen Sie mit hoch. Ich werd Ihnen helfen.«

Er nahm mich am Arm, und zusammen gingen wir nach hinten und eine schmale Treppe hinauf. Er zeigte mir ein kleines Zimmer, kaum möbliert. Es war ein Bett darin und ein Tisch mit Büchern. Ich setzte mich auf das Bett.

»Also?«

»Ich hab ihn gesehen. Ich wußte nicht, daß er zurück ist.«

»Sie haben geweint.«

»Ich fühl mich häßlich. Sehen Sie mich an.«

»Sie sind schwanger. Sie sind dick. Aber Sie sind nicht häßlich.«

»Bin ich ein reifer Käse?«

»Klingt gut für mich.«

Der alte Mann goß zwei Gläser Wein ein und reichte mir eines. Seine Hände waren alt. Mir fielen die Adern und die braun gesprenkelten Hautflecken auf. »Der Wein wird Ihnen guttun« sagte er. »Trinken Sie.«

»Warum leben Sie so?« fragte ich und sah mich im Zimmer um.

»Ich will nicht mehr. Ich brauche nichts.«

»Sie müssen doch etwas wollen.«

»Ich bin glücklich hier. Ich mag die Arbeit ...«

»Wie wär's mit einer Geliebten?«

»Sie sind schon vergeben«, sagte er lachend.

»Hätten Sie mich genommen?«

»Sie hätten mich nicht genommen. Das trifft's wohl eher, oder nicht? Man soll bei dem bleiben, was man wirklich liebt.«

»Aber sind Sie denn nie einsam?«

Der alte Mann blickte nach unten und aus irgendeinem Grund ich auch, aber da war nichts auf dem Boden.

»Berthe?« sagte ich.

Er blickte wieder auf. »Ja. Berthe.«

»Aber Sie haben nie was gesagt.«

»Ich dachte, Sie wüßten es.« Er stellte sein Glas auf den Tisch. »Ich kenne sie, seit sie ein Kind war. Sind Sie jetzt schockiert?«

»Ich hab's nur nicht begriffen.«

»Ich sage ihr in einem fort, sie soll sich jemanden in ihrem Alter suchen, aber sie lacht nur.« Der alte Mann sah zu mir her. »Legen Sie sich eine Weile hin. Ich glaube, Sie sollten sich ausruhen.«

Ich legte mich aufs Bett, und er kam her und strich mir mit der Hand über den Kopf.

»Das wird schon wieder«, sagte er. »Glauben Sie mir. Ich weiß es.«

Ich schloß die Augen. Ich hörte ihn aus dem Zimmer und nach unten gehen. Ich hörte Geräusche aus dem Laden und von der Straße, und dann schlief ich ein. Es war der erste tiefe Schlaf, den ich, wie es mir vorkam, seit Wochen erlebte. Ich schlief den ganzen Nachmittag durch, und ich hatte keine Träume.

Später, als ich nach unten ging, wartete der alte Mann schon auf mich.

»Hier«, sagte er. »Gammelost. Den werden Sie mögen. Er ist gut und stark. Ein richtiger Whiskey unter den Käsen.«

»Danke.«

»Versuchen Sie öfter mal auszuruhen«, sagte er. »Sie wollen doch, daß dieses Baby ordentlich ausreift, oder?«

Ich nickte.

»Also passen Sie auf sich auf.«

Als ich auf die Straße hinausgetreten war, schloß er hinter mir die Tür ab und winkte mir durchs Fenster, während er ein Schild in die Tür hängte. Darauf stand ›Geschlossen‹.

Es war dunkel, die Straßenlaternen waren an und gossen breite Lachen von Licht aus. Ich weiß nicht, was es war, das mich bewog, einen anderen Weg nach Hause zu nehmen, doch anstatt in Richtung Fluß zu gehen, bog ich in eine der vielen engen Gassen ein und ging einige Minuten, ehe ich wieder in eine andere Straße abzweigte, von der ich glaubte, sie werde mich in die Nähe des Flusses führen. Entgegen meiner Erwartung mußte diese zweite Straße mich jedoch in die andere Richtung geführt haben, denn ich hatte mich bald verirrt, und ging durch einen Bezirk, in dem ich noch nie zuvor gewesen war.

Mir fielen neue Gerüche auf, nach Gewürzen und Kräutern und süßem Weihrauch, die in der Luft lagen und sich in der Hitze vermischten. Ein kleines Stück vor mir öffnete sich eine Tür, und eine Gestalt trat heraus. Sie war von Kopf bis Fuß in Schwarz gehüllt. Ich sah sie nur von hinten und konnte nicht sagen, ob Mann oder Frau, doch irgendein Instinkt sagte mir, ich solle ihm oder ihr folgen, und so begannen wir unseren Weg durch das labyrinthische Gassengewirr zu nehmen, wo sich der Gestalt schließlich eine zweite anschloß. Die beiden gingen eine Zeitlang vor mir her, und ich folgte ihnen vorbei an glitzernden Auslagen mit Fernsehern und Hi-Fi-Anlagen und Läden, in denen seltsam gefärbte Süßigkeiten auf Tabletts verkauft wurden. Die Gestalten vor mir waren meine Lotsen, bis sie plötzlich stehenblieben und sich umsahen. Erst dann sah ich sie von vorn, sah, daß sie schnabelartige metallene Masken trugen, die in der Abendsonne glitzerten und die Gesichter unsichtbar machten. Sie starrten mich, wie es mir vorkam, minutenlang an, als wollten sie sich über mich ein Urteil bilden, obwohl beide nicht sprachen und sich auch sonst auf keine Weise berieten, und dann, als sie ihre Entscheidung getroffen hatten, wandten sie sich wieder in die andere Richtung und gingen weiter. Nun tauchten noch mehr von solchen Frauen aus Hauseingängen und Seitengassen auf, und ich merkte, daß wir alle auf einen Platz zustrebten, auf dem ein Markt stattfand, mit bunten Lichterketten zwischen den Ständen. Alles war voll von geschnäbelten Frauen, die zwischen Ständen umhergingen, an denen Berge von vielfarbigen Fischen und Meeresfrüchten auslagen. Es gab Tische mit abendrotfarbenen Shrimps und Lattenkisten voll Langusten und schimmernden Rochen, und alles roch nach dunklem Seetang und Salz. Die Frauen gingen an den Ständen vorüber, und ihre dunklen Augen spähten durch die Schlitze in ihren Masken wie Haifischaugen.

Ich stand eine Weile wie gebannt am Rande dieser Szene, und Leute kamen und gingen und kreisten in dunklen Trauben um mich, und durch das Gemurmel und die Geräusche des Marktes hörte ich ein Geräusch wie von einem weinenden Kind, nur konnte ich nirgends ein Kind sehen, bloß die Schwärze der unsichtbaren Frauen, die sich um mich bewegten und im Vorbeigehen anstreiften. Ich drehte mich um und ging rasch weg; dabei hatte ich die ganze Zeit das Gefühl, daß sie mir folgten. Ich versuchte mich an den Weg zu erinnern, auf dem ich gekommen war, und ging, so schnell ich konnte, auf meiner eigenen Fährte zurück; ich hielt Ausschau nach einem vertrauten Straßenschild, doch alles war fremd für mich, wo immer ich hinsah, erblickte ich nur seltsame Schriftzüge, und die Schlingen und Wellenlinien der Buchstaben ergaben keinen Sinn. Ich blieb einen Augenblick stehen, um Atem zu schöpfen, und ein Mann kam auf mich zu und fragte, ob ich mich verlaufen hätte.

»Ja« antwortete ich, und er fragte mich, wo ich hinmußte, und ich nannte den Namen der Straße, in der sich der Käseladen befand.

»Das ist ganz in der Nähe«, sagte er. »Kommen Sie mit, ich zeig's Ihnen.«

Ich folgte ihm, bis wir beim Käseladen ankamen, wo er mir eine gute Nacht wünschte.

Als ich zur Wohnung zurückkam, war es finster, und ich sah nicht, daß in einer kleinen Nische in den Schatten des Treppenhauses Serge stand. Ich war schon an ihm vorbei, als er meinen Namen sagte.

»Hallo, Odissa«, sagte er.

Seine Stimme war leise und ließ mich zusammenfahren. Er kam auf mich zu und streckte die Hand aus, als wollte er meinen Arm berühren, und mir wurde flau am ganzen Leib. Wir standen da und sahen uns im dämmrigen Licht an.

»Wie lang bist du schon zurück?«

»Seit heute morgen. Ich war eben dabei, mich von den anderen zu verabschieden. Ich war auf dem Weg zu dir.«

»Na, wie du siehst, bin ich ja noch da.«

»Warum bist du so davongerannt?«

»Es hat mir nicht gefallen, was ich gesehen hab.«

Serge antwortete nicht. Statt dessen strich sein Blick über die Landschaft meines Körpers, und dann trat er einen Schritt näher und streifte mit seinen Lippen über meine. Ich spürte, wie seine Hände meinen Bauch hinunterglitten und wie sich in meinem Körper alles drehte wie ein Kinderglobus. Seine Hände breiteten sich auf mir aus, und er schloß mir mit Küssen die Augen. Er hob mein Kleid hoch und streichelte meine Schenkel.

»Sag mir, daß du nicht mit ihr geschlafen hast«, flüsterte ich. »Sag's mir.«

»Ihr Körper war weich«, sagte er. »Ich hab ihren Mund und ihre Brüste geküßt«, sagte er und küßte mich auf den

Mund, und dann knöpfte er mein Kleid auf und legte den Mund an meine Brüste. Ich konnte spüren, daß er steif war, und er drängte sich an mich. Zwischen uns war das Kind, und er begann mich umzudrehen wie beim ersten Mal. »Ich hab sie aufs Gesicht geküßt. Ich bin mit der Zunge über ihre Haut gefahren, über ihre Narben« sagte er, und ich spürte, wie seine Hände sie berührt hatten und liebkost hatten. Nun drang er in mich ein, und ich sah ihr Gesicht vor mir und spürte seine Hände auf meinem Gesicht, und mein ganzer Körper schmolz dahin.

Danach ging ich an ihm vorbei und schloß die Tür zu meiner Wohnung auf. Serge stand auf dem Treppenabsatz. »Du wolltest die Wahrheit wissen. Du siehst gern zu. Du warst die ganze Zeit da.«

»Ja«, sagte ich.

»Ich möchte zurückkommen, Odissa.«

»Wirklich?«

»Bitte!?« sagte er sanft.

»Ich bin sehr müde«, sagte ich, bevor ich die Tür zumachte und hinter mir abschloß.

Ich drehte kein Licht an. Ich stellte meine Tasche auf den Boden und ging ins Bad. Mein Gesicht brannte, und ich sprengte mir wieder und wieder kaltes Wasser auf die Haut. Als ich fertig war, ging ich raus und stellte mich im Dunkeln ans Fenster. Ich stand ein bißchen weiter hinten, so daß mich keiner sah und ich doch hinaussehen konnte. Auf der anderen Straßenseite stand Serge an eine Wand gelehnt. Er zündete sich eine Zigarette an. Der Lichtschein der Flamme beleuchtete sein Gesicht. Er sah nicht zu meinem Fenster hoch, sondern stand da und rauchte seine Zigarette. Einmal ging er ein Stück die Straße hinunter, und einen Augenblick lang dachte ich, er werde weggehen, aber dann blieb er stehen, drehte um, kam zurück und lehnte sich wieder an die Wand. Ich beobachtete ihn, wie er dastand und an seiner Zigarette zog, sich mit der Hand durchs Haar fuhr und dann die Zigarette auf den Boden warf und ganz langsam auf die Knie sank. Erst dann sah er zu meinem Fenster hinauf.

Ich trat einen Schritt vor. Serge rührte sich nicht von da weg, wo er kniete. Er richtete sein Gesicht auf mein Fenster, und das Licht der Straßenlaterne schien auf sein Haar und sein Gesicht herab. Ich wußte, daß er mich sehen konnte, und ich stand da und schaute auf ihn herunter. Ich blieb eine Zeitlang so stehen, und dann wandte ich mich ab und ging in die Küche.

Ich setzte mich an den Tisch, nahm den Käse aus meinem Korb und begann ihn mir mit beiden Händen in den Mund zu stopfen; ich nahm mir kaum Zeit zum Kauen, ehe ich runterschluckte, und stopfte mir immer mehr rein. Der Käse war intensiv, und ich spürte, wie mir von dem Andrang an üppigem salzigem Teig der Mund brannte. Als ich fertiggegessen hatte, schlug ich die übriggebliebenen Brocken wieder in das Papier ein und ging zum Kühlschrank, um sie für später aufzuheben.

Meine Fruchtblase platzte auf halbem Weg zwischen Tisch und Kühlschrank. Ich spürte, wie etwas Warmes mir die Beine entlanglief, und als ich hinuntersah, hatte sich auf den dunkelblauen Fliesen schon eine große Lache gebildet.

Ich erinnere mich, daß ich die Tür aufmachte, dann einen Krankenwagen rief und danach ans Fenster ging und hinuntersah, aber die Straße war leer. Ich legte mich im Schlafzimmer zwischen den Kissen auf den Boden und schloß die Augen. Ich hätte zählen sollen, aber die Zahlen wollten sich nicht aneinanderreihen, und ich vergaß, wo ich war, wenn mich die Wehen durchliefen. Schließlich kamen zwei Männer. Sie sagten mir ihre Namen und fragten, ob ich bis nach unten gehen könne, und als ich nein sagte, brachten sie eine Tragbahre und sagten, ich solle ruhig liegen bleiben, während sie mich nach draußen zum Krankenwagen trugen wie ein gestrandetes Seeungetüm, das durch die Luft zurück ins Meer gehoben werden muß.

Ich erinnere mich an einiges von der Fahrt ins Krankenhaus, wie schnell wir durch die Straßen rasten, aber am stärksten erinnere ich mich an das Geräusch des Regens. Ich erinnere mich, daß ich auf das Gequietsche der Reifen auf den nassen Straßen und das trommelnde Geräusch des Regens auf dem Dach des Krankenwagens horchte. Die beiden Männer lächelten unentwegt, und während sie mich vom Wagen ins Krankenhaus manövrierten, hielten sie einen Moment inne und ich konnte ein paar Wassertropfen auf dem Gesicht spüren. Die Luft roch frisch und kühl.

Sofort zogen Krankenschwestern mit hohen weißen Hauben wie Kronen aus Schnee mir die Kleider aus und rasierten mich und schoben mich durch einen Flur nach dem anderen. Ich hörte ihre Schuhe quietschend über das kalte weiße Linoleum tappen und das Rollen der Räder.

Der Kreißsaal war strahlend hell wie das Innere eines kühlen Kristallsterns. Sie legten mich auf eine hohe Liege in der Mitte des Raumes und streckten mich aus. Erst legten sie ein Bein auf eine Stütze hoch und dann das andere.

»Sie müssen immer weiteratmen«, sagte eine Stimme. »Holen Sie tief Luft. Tief. Tief.«

Der Schmerz überflutete mich und zog mich hinunter wie eine Gezeitenströmung. Ich spürte, wie die Wellen über mich hinweggingen und versuchte auf ihnen zu schwimmen, versuchte rechtzeitig davor Atem zu holen, aber bei jedem neuerlichen Luftholen hatte ich ein Gefühl, als wäre dies mein erster und letzter Atemzug. Wenn der Schmerz nachließ, nahm ich mehr von meiner Umgebung wahr. Wenn er wieder einsetzte, richtete sich alles an mir auf mein Geschlecht aus, das sich dehnte und weiter und weiter öffnete und mich verschlang. Ich versuchte mir das Gesicht von Serge ins Gedächtnis zu rufen, ihn mir vorzustellen und seine Augen zu fixieren. Wenn ich seinen Blick hielt, konnte ich mein Gesicht über Wasser halten, aber wenn ich ihn verlor, spürte ich, wie ich unterging und das Wasser in sanften Wellen über mir zusammenschlug. Ich fühlte mein Blut pulsieren und hörte den Regen draußen. Mein ganzer Leib ging aus den Fugen, klaffte auf wie eine reife Kastanie, und das Wasser tröpfelte und sickerte und rann ohne Ende. Meilen und Meilen frisches graues Wasser über und unter mir. Meine Kleider und Haare waren naß. Der Regen strömte herab. Ich konnte spüren, wie er in den Boden sickerte und sich in unterirdischen Kavernen sammelte, in Flüsse und Ströme floß und in Höhlen unter mir dunkle Seen entstehen ließ. Die Brücken überspannten die Flüsse nicht mehr, Wegweiser wiesen keine Wege mehr, Flüsse flossen nicht mehr wie sich dahinziehende Bänder. Das Wasser war gestiegen und über alles gekommen. Man konnte nicht sagen, wo die Meere aufhörten und der Himmel anfing. Man konnte einfach nicht. Es war zu dunkel. Und Fische schwammen überall herum; stahlblaue Schwertfische, sich blähende Rochen, geschmeidige graue Delphine und seltsame weiße Fische, die sonst auf dem Grund des finstersten Ozeans schwammen, alle mit weichen Körpern und alle tasteten sich blind durch das Dunkel. Elektrische Aale mit Stachelzähnen, fette schwarze Aale glitten und schlängelten sich durchs flache Wasser; sie witterten Blut, den flüssigen Geruch von Beute, und als sie mich fanden, nagten sie an mir und fraßen das weiche Fleisch meiner Eingeweide heraus und ließen nur einen durchscheinenden Sack zarter Haut übrig. Sie fraßen mich Stück für Stück innerlich auf.

Krankenschwestern beugten sich über mich. Ihre Gesichter lächelten nah an meinem.

»Sie machen das gut«, sagten ihre Stimmen. »Tief atmen. Der Kopf kommt schon.« Und dann sahen sie sich gegenseitig an und schüttelten die Köpfe. »Ihr Mann sollte da sein«, sagten sie, als sei ich taub. »Ich hab meine Plazenta gegessen. Sie ist voller Nährstoffe, du weißt ja. Ich hab sie mit heimgenommen und mir'n paar Eier drübergeschlagen.« Ich konnte ihre Münder auf- und zuklappen sehen, während sie um mich herumwuselten. Eine von ihnen fuchtelte mit einer langen silbrigen Nadel.

»Pressen Sie. Pressen!« sagte sie, ihr weißes Krönchen hüpfte auf und nieder wie Schaum auf dem Wasser. Ich fühlte, wie ich ins Meer hinausstieß und dann erfaßten mich kabbelige Wellen und die Strömung schwemmte mich noch weiter nach draußen. Ich wußte, daß ich trieb, und mich packte panischer Schrecken, daß ich nicht imstande sein würde, zum Strand zurückzuschwimmen. Mir ging die Kraft aus, und jede Faser in meinem Körper spannte sich gegen das Gewicht an, das mich nach unten zog, und ich kämpfte gegen die Wassermassen an, gegen den Stein, der mich hinabzog. Ich wollte ausruhen, auf dem Meeresgrund liegen, auf diesem dunklen klebrigen Bett, über mir das Tosen der Wellen und von Seetang umschlungen. Weiteratmen. »Pressen«, wiederholten sie, als sei ich taub, und ich preßte unter ihren Händen, während sie um mich standen, gegen das Gewicht des Wassers, durch den schwarzen Gang und die riesige dunkle Öffnung. Weiteratmen, weiteratmen. Ich stieß sie weg und drängte nach oben, und dann hatte ich plötzlich ein Keuchen im Ohr. Es war das Geräusch meines eigenen Atems, und von dem Strand aus, auf dem ich lag, blickte ich zurück und sah einen riesigen Fisch aus dem Wasser springen und durch die Luft fliegen, und in seinen fedrigen Flossen fing sich das Sonnenlicht.

Das Kind kam kurz nach Mitternacht zur Welt. Der Arzt hob sie an den Füßen hoch, und sie hing in der Luft wie ein aus dem Meer geborgenes Treibgut. Man legte sie mir auf den Bauch, und ich berührte ihre winzigen Hände und Füße. »Sie können sich jetzt ausruhen«, wurde mir gesagt. Ich erinnere mich, daß sie mich aus dem Kreißsaal schoben und badeten und in ein Bett legten. Das Kind lag in einem Bettchen neben mir, und seine kleinen Hände streckten sich dem Licht entgegen.

FRISCHKÄSE

Ein blasser, delikater Rahmkäse.
Er ist oft am besten, wenn er mit
Salz und Peffer gewürzt und auf
frischem Brot gegessen wird.

Nach der Geburt hatte ich nur einmal das Verlangen nach Käse. Es war kurz, nachdem ich mit dem Kind in meine Wohnung zurückgekehrt war. Sie hatte an meinen Brüsten genuckelt, und wo meine Milch danebengeflossen war, fing ich ein paar Tropfen mit den Fingern auf und leckte die süße Flüssigkeit ab. Meine Brüste waren groß und prallvoll mit Milch. Nachts manchmal, wenn sie nicht ihr Soll getrunken hatte, ließ ich, um mir das Gewicht zu erleichtern, ein Bad ein und kauerte mich auf allen vieren in das warme Wasser wie eine Kuh in einem Teich, während die Milch heraustäufelte und das Badewasser weiß färbte. Und dann las ich in meiner Broschüre, wie ich meine Milch tatsächlich sammeln konnte. Das Verfahren war ähnlich wie beim Melken einer Kuh. Ich mußte beide Brüste abwechselnd mit der Hand umfassen und die Milch tropfenweise herauskneten, bis sie gleichmäßig floß. Ich tat die Milch in eine Schüssel, und dann kam mir die Idee, einen kleinen hausgemachten Frischkäse daraus zu machen. Der alte Mann hatte mir etwas Lab geschenkt, und das mischte ich in die Milch und ließ das Ganze sich setzen. Danach band ich die dickgelegte Mischung in einem kleinen Sack aus Musselin über die Spüle und ließ sie abtropfen.

Der Käse schmeckte mild und leicht wäßrig. Ich strich ihn auf eine Scheibe Brot und streute Salz drauf, um den Geschmack herauszubringen, und als ich fertiggegessen hatte, legte ich mich aufs Bett neben das Kind in seinem Bettchen. Ich war nicht müde, und eine Zeitlang lag ich da und sah ihr beim Schlafen zu. Ihr Gesicht war so vollkommen. Ihre Haut war klar, und es gefiel mir, dem Geräusch ihres Atems zuzuhören.

Ich ging durch Zitronenhaine in den Hügeln über der Toskana. Dazwischen waren rote Streifen mit Mohnblumen, und die Hitze des Spätherbstes dämpfte die Farben und bleichte das Rot.

Die Kapelle stand im Schatten zweier Zedern vor der sengenden Sonne geschützt. Ich ging außen rundherum, und fuhr mit der Hand die kühlen Steine entlang, bis ich zu einem Fenster aus normalem Glas kam, durch das ich den Altar sehen konnte. Er war sehr schlicht, ein Holzkreuz auf einem weißen Tuch und eine kleine Vase mit Lilien. Durch ein Buntglasfenster über dem Altar fiel Licht herein und bildete auf dem kalten Steinboden eine Lache von Rot. Ich betrachtete alles, und dann, als meine Augen sich an das Licht gewöhnt hatten, bemerkte ich ein Bild auf einer der weißen stuckverzierten Wände.

Die Verkündigung. Maria saß, gehüllt in einen blaßblauen Umhang, in einem kleinen Portikus mit schlanken korinthischen Säulen. Vor ihr stand leicht gebeugt ein Engel mit gefiederten Schwingen in einem Gewand von durchscheinendem Zinnoberrot. Maria sah zu Boden, während der Engel ihr mit einem Blick der seltsam neugierigsten Art ins Gesicht spähte. Es zog mich in seinen Bann, und erst nachdem ich einige Minuten auf das Bild gestarrt hatte, fiel mir im dämmrigen Hintergrund eine Tür auf, die in ein Zimmer führte, ein Zimmer mit einem Bett darin.

Der Engel hatte die Hand ausgestreckt und bedeutete Maria aufzustehen, dann nahm er sie an der Hand und führte sie in das Schlafzimmer. Sie begannen sich zu entkleiden. Das Gewand des Engels glitt leicht hinab und fiel auf einen Haufen mit Marias dünnem, blauem Kleid. Der Engel legte sich aufs Bett in ein Gewühl von Kissen, die seine Flügel abpolsterten, und streckte die Beine aus. Maria kletterte auf ihn, ihre Beine links und rechts von seiner Hüfte. Ihr Rükken war gerade, und ich konnte durch die blasse Haut die Knöchelchen sehen, die ihr Rückgrat bildeten. Sie zog eine

Spange aus ihrem Haar, und es ergoß sich schwarz über ihre milchweiße Haut wie eine Flut von dickem Sirup.

Jetzt beugt sich Maria hinunter, küßt den Bauch des Engels und läßt ihre Zunge am Mittelpunkt seines Körpers emporgleiten, und ihr Körper bewegt sich die ganze Zeit auf und ab, während ihr ganzes Sein ihr Mund ist. Der Engel legte seine Hände auf ihren Kopf und streicht und wühlt mit den Fingern durch ihr dichtes schwarzes Haar.

Dann gleitet sie langsam seinen Körper hinauf, bis ihre Beine neben seinem Gesicht sind und sie darüber schwebt. Ich sehe, wie er versucht, den Mund nach oben zu heben, um sie dort zu berühren, aber ihre Hände halten ihn unten fest. Sie genießt es zu sehen, wie er sich anstrengt, um an ihr lecken zu können.

Sie läßt sich zu ihm herunter, und sein Kopf reckt sich hinauf. Sie entzieht sich und läßt sich dann wieder sinken. Ganz allmählich läßt sie sich nieder, bis er schließlich seine Zunge zwischen ihre Beine schiebt, in sie hinauf. Die Muskeln in ihren schlanken kauernden Beinen straffen sich sichtbar. Ihr ganzer Körper spannt sich an, während seine Zunge sich in die Feuchte ihre Fleisches vortastet, und ich kann sehen, wie groß und hart sein Geschlecht geworden ist.

Er fängt an, sie an seinem Körper hinunterzuschieben. Seine Hände umklammern ihre Taille und lenken sie nach unten, bis er endlich in sie eindringt. Das blaue Bettuch verwickelt sich zwischen ihnen beiden.

Danach stehen sie auf und ziehen sich an und treten dann hinaus in den überdachten Portikus. Maria setzt sich wieder, der Engel stellt sich vor ihr auf, beugt das Knie und kniet hin, und dann öffnet er sehr sachte und langsam seine schönen goldenen Schwingen.

Ich erwachte vom Geräusch des Kindes. Ihr Schreien war leise, und ich hob sie aus dem Bettchen und drückte sie an mich.

In den Tagen danach versuchte ich Serge zu finden. Ich ging zu seiner Wohnung, doch ich fand die Tür mit Brettern vernagelt vor und dazu ein Schild der Stadtverwaltung, auf dem ›Betreten verboten‹ stand. Ich ging durch die Stadt, das Kind unter meinen Mantel gehüllt, und fragte an allen bekannten Orten nach, ob irgend jemand ihn gesehen hatte oder wußte, wo er war, aber die meisten der Straßenartisten waren den Winter über weggezogen. Einige sagten, Serge sei auch schon fort, andere, er sei noch da. Schließlich ging ich zu dem Brunnen mit den drei steinernen Fischen. Ich setzte mich an den Rand und sah ins Wasser. Ein paar goldfarbene Blätter waren von den Bäumen in der Umgebung heruntergesegelt und lagen auf dem Grund und wurden schwarz an den Rändern.

Ich räumte die Wohnung auf, packte meine Koffer und kaufte eine Transportbox für das Chamäleon. Ich machte auch noch einen Besuch im Käseladen. Berthe und der alte Mann nahmen abwechselnd das Kind hoch und stimmten darin überein, daß sie ein wunderschön ausgereifes Exemplar war; ein bißchen früh dran vielleicht, aber nicht überreif, das war das wichtigste. »Schicken Sie uns Ihre Adresse«, sagte der alte Mann, »wenn Sie wissen, wo Sie wohnen werden.«

Die Zugfahrt war länger, als ich sie in Erinnerung hatte. Das ist so ein Gesetz: Die Rückreise dauert immer länger als die Hinreise. Das Kind schlief die meiste Zeit über, und wenn sie schrie, ging ich mit ihr im Gang auf und ab, und die Leute lächelten und streichelten ihr Gesichtchen.

Als wir in Lourdes ankamen, nahm ich den Bus in die Berge nach Cauterets. Ich konnte Schnee auf den Gipfeln sehen. Erst wohnten wir im Hotel, aber dann fand ich eine kleine Wohnung am Hauptplatz.

Sie wollen wissen, ob er zurückgekommen ist? Die Frage ist noch offen. Nachts, wenn das Kind schläft, stehe ich am

Fenster und warte. Ich glaube, ich werde ihn wiedersehen. Letzte Nacht zündete ich eine Kerze an und stellte sie ins Fenster. Ich saß mit dem Kind in meinen Armen da und sah zu, wie eine Motte aus einer dunklen Zimmerecke herbeiflog. Sie wurde vom Lichtschein angezogen und tanzte auf Flügelspitzen um die Flamme. Sie konnte nicht entkommen, außer wenn ich die Flamme löschte.

Am Morgen verfütterte ich sie an das Chamäleon.